GLI INSUPERABILI

335

Della stessa autrice:

Il mio segreto più dolce

Prima edizione in questa collana: settembre 2017

Roma, Casella postale 6214

ISBN 978-88-227-1192-2

www.newtoncompton.com

Realizzazione a cura di Pachi Guarini per StudioTi s.r.l., Roma
Stampato su carta prodotta con pasta termomeccanica, senza utilizzo di cloro, proveniente da foreste controllate, nel rispetto delle normative europee vigenti in tema ambientale

Adelia Marino

Ogni giorno per sempre

Newton Compton editori

1

Mi svegliai di soprassalto ancora una volta. Avevo l'affanno, il cuore martellava pronto a uscirmi dal petto. Mi misi seduta, mi portai le ginocchia al petto e cercai di calmarmi. Non appena il cuore riprese a battere regolarmente, mi alzai e mi ritrovai a guardare di nuovo dalla finestra della mia stanza.

«La mia stanza», ripetei piano.

Era strano chiamarla così, era diventata effettivamente la mia camera da quasi quattro mesi, la chiamavo così, ma non mi apparteneva davvero. Quella non era casa mia e di certo quel posto non faceva parte di me. Il sole si levava alto nel cielo e il cielo giocava con le sue meravigliose sfumature arancioni e gialle, l'oceano era bellissimo, con le sue onde incredibili, con la sua maestosità. Già… era proprio per quello che non osavo mettere un piede in acqua, era infinito, e io avevo troppa paura di perdermici dentro. Sapevo esattamente quanto l'acqua potesse diventare orribile, cattiva, quanto potesse far male, eppure mi piaceva starmene seduta in riva, mi tranquillizzava, e un tempo lo amavo. Fu così che decisi di scendere in spiaggia. Dopotutto dovevo solo attraversare il piccolo giardino davanti casa, il cancelletto e la piccola passerella di legno. Mia zia abitava a un passo dalla spiaggia. In una villetta bianca, con enormi finestre. Al piano di sopra c'erano tre camere da letto, ognuna con il proprio bagno personale, e lo studio che lei usava per il lavoro che si portava a casa. Al piano di sotto, un arco divideva la cucina dalla sala e c'era un bagno di servizio. I mobili rispecchiavano esattamente lo stile moderno, perfetti per un avvocato che passa metà del suo tempo fuori, come faceva lei. Mi dava l'impressione di una casa fredda, spoglia, non vissuta, diversa dalla mia vera casa.

Infilai i miei shorts di jeans preferiti, una canottiera e gli infradito, non avevo in mente di fare nuove conoscenze e, considerata l'ora, non pensavo di incontrare qualcuno in spiaggia, quindi niente reggiseno. Scesi al piano di sotto, zia Tess dormiva ancora, così feci scattare piano la serratura della porta e mi diressi in spiaggia. Appena i miei piedi toccarono la sabbia ancora fredda, sfilai gli infradito e andai a sedermi in riva all'oceano. Guardai l'orologio sul polso, erano ancora le sei. Sospirai. Erano quattro mesi che non dormivo più la notte, e se riuscivo ad addormentarmi rivivevo ogni scena, ogni terribile, spaventosa scioccante scena di quella maledetta notte, la notte che cambiò tutto, che cambiò me, irreversibilmente. L'estate era iniziata già da un po', anche se, per come la vedevo io, l'estate in California durava tutto l'anno. Io amavo la montagna, c'ero cresciuta, stavo all'aria fresca, tra alberi e sentieri innevati, adoravo l'inverno e amavo trascorrere il Natale sotto la neve, con tutte le luci colorate che addobbavano la città, i negozi e casa mia. Ma ora era diverso. Persa nei miei pensieri, mi resi conto che con lo sguardo seguivo qualcuno che cavalcava le grandi onde su una tavola da surf. Non lo vedevo bene da lì, ma indossava solo pantaloncini, niente muta, e non mi pareva certo una bella idea. Era come se volasse su quella tavola. Chissà com'era cavalcare le onde, attraversarle, me l'ero sempre chiesto, ma non avevo nessuna voglia di scoprirlo, non più almeno.

Wow.

Lo guardavo cavalcare un'onda, poi un'altra e un'altra ancora. A un certo punto lo vidi muoversi appena sul surf e poi cadere. In un attimo l'onda fu su di lui e non lo vidi più. Mi si raggelò il sangue nelle vene. Conoscevo fin troppo bene quella sensazione, annegare intendo: quel bruciore in gola, l'annebbiamento, *cercare con tutte le forze di uscire da quella stupida auto...* e poi lo vidi, il suo corpo scivolò sulla spiaggia, accompagnato dalla schiuma bianca del mare. Era vicino, e anche se per un attimo non riuscii a muovere neanche un muscolo, alla fine trovai la forza di correre e ben presto mi inginocchiai accanto a lui. Non pareva avere problemi. Volevo chiamarlo per nome ma non sapevo chi fosse, così lo presi per le spalle e iniziai a strattonarlo.

«Ehi! Sveglia! Avanti andiamo! Maledizione!».

La voce mi morì in gola quando lo vidi sorridere. Io ero spaventata a morte e cercavo di salvargli la vita e lui invece era lì che sorrideva. In quel momento decisi di odiarlo, sì, l'avrei odiato, per sempre. Aprì gli occhi e fece un largo sorriso. Avevo mollato la presa dopo essermi resa conto che scoppiava di salute, ma lui continuava a starsene sdraiato. Mi presi un attimo per respirare e lo guardai. Aveva capelli castani con riflessi dorati che gli cadevano indietro, tranne qualche ciocca bagnata appiccicata in fronte. Incrociai il suo sguardo e mi sembrò quasi di non essere più in grado di staccarmene. I suoi occhi erano del più bel verde che avessi mai visto, quel verde che ritrovavo fra i boschi in primavera, mi ricordavano casa, erano caldi, belli. Aveva delle folte e lunghe ciglia scure, il nasino era perfetto, piccolo e sottile, e poi il mio sguardo cadde più giù, sulle labbra.

Wow!

Carnose, abbronzate e bagnate. Mi resi conto di aver schiuso le mie e mi girai subito sentendo le guance avvampare.

«Puoi continuare a guardare se vuoi, non mi disturba affatto». La sua voce era un po' roca, dovuta al fatto che aveva bevuto un po', ma incredibilmente sexy.

«Non ti stavo fissando», borbottai, e lui sorrise.

«Va bene, devo essermi sbagliato».

Si mise seduto e io mi ritrovai a seguire con gli occhi le goccioline d'acqua che dal collo gli scendevano sul petto. Aveva il braccio sinistro tutto tatuato. Trovavo molto affascinanti i ragazzi con i tatuaggi, io stessa desideravo farmene uno. E che pettorali, da togliere il fiato. Al liceo stavo con il capitano della squadra di basket, quindi mi intendevo di bei fisici maschili, ma questo era wow. Ok, ero ripetitiva, non avevo mai detto così tanti wow in così poco tempo. Scesi dai pettorali agli addominali, poi più giù e notai che il costume era fin troppo in basso sui fianchi stretti, perciò distolsi lo sguardo.

«Lo fai di nuovo», disse. «E ti ripeto che puoi continuare a fissarmi quanto vuoi, lo adoro». Che prepotente. Poi riprese a parlare.

«Sei arrivata da me in un attimo, sei veloce come una scheggia, adorabile direi. La prossima volta, però, invece di scuotermi e dire "ehi" potresti fare la rianimazione cardiopolmonare, oppure la respirazione bocca a bocca. Di solito la gente salva così le persone, e poi mi farei baciare volentieri da quelle labbra».

Non ci potevo credere, lo aveva detto sul serio, voleva baciare le mie labbra. Nell'immaginarmi la scena mi sentii di nuovo avvampare e lui sembrò capirlo perché quel dannato sorriso si allargò. «Sei un idiota, credevo fossi morto o qualcosa del genere». Feci per alzarmi ma ben presto la sua mano, morbida, forte e bagnata mi afferrò il polso, stringendomi in una morsa, e fu come se avessi ricevuto una scossa in ogni parte del corpo.

«Dove credi di andare? Lasci un povero moribondo in riva al mare, da solo? Potrei collassare da un momento all'altro». Lo guardai accigliata e mi sedetti sulla sabbia perché quello era l'unico modo che avevo per riavere il mio polso, e infatti lui mi lasciò andare.

«Tu stai benissimo, il respiro sembra regolare, non sei pallido e hai abbastanza forza», sbottai indicando il polso che fino a un minuto prima era intrappolato nella sua mano. Lui sorrise e qualcosa si mosse dentro di me. Non era affatto un buon segno.

«Sei preparata», disse. «Vuoi che t'insegni a fare la rianimazione cardiopolmonare? La respirazione bocca a bocca? Lo troveresti divertente, ne sono certo, sono *molto* bravo». Pronunciò la parola "molto" con così tanta enfasi che alzai gli occhi al cielo. Ma quanto era impertinente? Mi stavo cacciando in un bel guaio. Poi ripensai a quello che aveva detto. Conoscevo bene le tecniche di rianimazione, non perché l'avessi fatta a qualcuno, ma perché qualcuno l'aveva fatta a me. Scossi la testa nel ricordare quei momenti.

«No».

Mi guardò. «Nessuna mi ha mai detto no, ti convincerò prima o poi».

Lo guardai male. «Io non sono le altre».

Qualcosa gli brillò negli occhi. «Non sai quante volte l'ho sentito dire». Alzai lo sguardo al cielo.

«Sei di qui?», mi chiese sorridendo. «Non ti ho mai vista in giro», continuò e si mise seduto dritto.

«Più o meno», risposi io. Non ero di lì, ma da quattro mesi mi ero trasferita da mia zia. Questo faceva di me una californiana? No, non credo.

«Più o meno?», chiese lui. «Interessante». Non c'era proprio niente d'interessante in me e non potevo permettergli di avvicinarsi, non lo avrei più permesso a nessuno. Mi alzai, e questa volta non mi fermò, ma si alzò anche lui. Mi incamminai.

«Mi dirai il tuo nome?».

Mi fermai, scossi la testa. «Non credo, non lo meriti», risposi, e lo guardai. Contorse la bocca da un lato, gli occhi si accesero. Temevo di avergli appena offerto su un piatto d'argento la sfida che aspettava e infatti le sue parole lo confermarono.

«Accetto la sfida». Ecco, appunto. «Io sono Landon». Oh. Mio. Dio. Conoscevo quel nome. «A presto, Scheggia». Mi fece l'occhiolino e andò a prendere la sua tavola mentre io mi dirigevo verso casa. Mi portai una mano sul petto. Merda. Niente reggiseno.

Ero stata senza reggiseno davanti a Landon Carter. Fantastico. Sbuffai. Come facevo a conoscere il suo cognome? Me ne aveva parlato la mia nuova amica, Joey: a quanto pare da quelle parti tutti conoscevano Landon, ed era abbastanza indicativo per un posto come Santa Monica. Tutte lo volevano e lui otteneva sempre ciò che voleva, e io, be' io ero diventata la sua sfida. Ero nei guai fino al collo.

Rientrai e trovai zia intenta a fare i pancake. Era una pessima cuoca, di solito non cucinava per sé stessa, faceva colazione al bar, con i colleghi, ma negli ultimi quattro mesi si stava impegnando. Quando lei era via ci pensava la signora Rosa, che veniva un paio di volte alla settimana a pulire e a prepararmi da mangiare, ma io sapevo arrangiarmi da sola, almeno il minimo essenziale, e lo avevo imparato da lei, da mia madre. Il ricordo mi fece attorcigliare lo stomaco e mi resi conto di aver stretto così tanto i pugni da avere le nocche bianche.

«Buongiorno, tesoro». Zia Tess mi stava salutando da dietro i fornelli. «Ho preparato una colazione con i fiocchi». Mi fece un gran sorriso.

Era la sorella di mia madre e me la ricordava molto, fisicamente. Gli stessi capelli biondi lunghi appena fino alle spalle, la frangia perfettamente dritta, gli occhi azzurri, il viso delicato, liscio. Era alta come la mamma, più o meno un metro e ottanta, mentre io sfioravo il metro e sessantacinque. Aveva un fisico da urlo, diverso dal mio minuto, anche se neanch'io potevo lamentarmi. Magra, fianchi stretti, una terza di reggiseno e le gambe toniche grazie ai dieci anni di danza. Zia era molto abbronzata, mentre io avevo già una carnagione scura, la stessa di mio padre, che era di origini italiane, e più precisamente meridionali. Dove abitavo tutti erano bianchi come il latte e io spiccavo con la mia pelle olivastra, ero più sexy; in California era tutta un'altra storia. Lei però le somigliava solo fisicamente. Mia madre, anche se lavorava, aveva sempre messo la famiglia al primo posto; zia invece aveva sempre scelto la carriera e, a parte accudire me due settimane all'anno durante le vacanze estive, non era abituata ad avere attorno bambini o adolescenti.

«Il profumo promette bene», risposi sorridente. Mi tolsi gli infradito all'entrata e mi guardai al piccolo specchio vicino alla porta. I capelli color mogano ramato mi ricadevano ondulati lungo la schiena; insieme alla pelle e all'altezza, avevo ereditato anche quelli da mio padre, mentre i grandi occhi azzurri, be', erano di mia madre. A completare il quadro c'erano poi il nasino a punta e la boccuccia un po' carnosa.

«Haley, va tutto bene?». Mi voltai e trovai mia zia accanto al tavolo in cucina con il piatto di pancake in mano.

«Sì certo, eccomi». Mi sedetti a tavola e assaggiai un pancake, buono. Ci misi sopra un po' di sciroppo d'acero. «Zia, sono ottimi, davvero». Mi fece un gran sorriso.

«Ne sono lieta, bambina». Mi guardava con aria preoccupata e sapevo cosa stava per dire. «Devo partire. La causa di cui ti parlavo, di quel grosso imprenditore, è fra qualche giorno e io ho tante scartoffie da sistemare e devo parlare con il mio cliente. Sarò via per una settimana. Tu starai bene?». Bevvi un sorso di succo d'arancia.

«Sì, tranquilla, starò benone, poi c'è Rosa, no?».

Abbassò lo sguardo. Senza Rosa ero spacciata.

«Purtroppo lei non c'è. Sono arrivati sua figlia con il marito e la piccola quindi sarà impegnata, ma ha detto di chiamarla per qualsiasi cosa». Annuii. Ce l'avrei fatta, avrei ordinato la pizza, messo in pratica quel poco che la mamma mi aveva insegnato e con la lavatrice me la sarei cavata.

«Starò bene, zia, sul serio, non devi preoccuparti per me, va' e vinci quella causa».

Presi un altro pancake pensando che il discorso fosse finito, ed era così, ma non immaginavo che ne stava iniziando un altro che non avrei proprio voluto ascoltare.

«Hales, ho parlato con la segretaria del Southern Vermont College a proposito della domanda di rinuncia che hai compilato tre mesi fa. Ha detto che, se vuoi, è possibile riaprire la tua iscrizione oppure se preferisci iscriverti da un'altra parte. Cercherà di scoprire come convalidare gli esami che avevi fatto lì, ovviamente se scegli la stessa facoltà».

Posai la forchetta sul tavolo. Non volevo discutere del college, e nemmeno del fatto che volevo diventare un'infermiera e che avevo lasciato perdere dopo quel maledetto giorno. Non volevo parlarne, e zia Tess lo capì perché si affrettò a dire: «Pensaci, ok? Durante questa settimana. Al mio ritorno ne discuteremo».

Finì l'ultimo boccone, poi si alzò, mi stampò un bacio in testa e si avviò verso la sua stanza per prepararsi. Io invece non avevo più fame, così mi alzai, buttai tutto in lavastoviglie e andai a fare la doccia. Con l'asciugamano avvolto intorno al corpo andai in camera per mettermi dei vestiti puliti. La mia stanza era accogliente, diversa dallo stile moderno del resto della casa. C'era il letto a baldacchino, una grande finestra che dava sull'oceano, un armadio di legno, una scrivania con accanto una libreria piena dei miei libri preferiti e ne avevo ancora in uno scatolone, e c'era pure una toeletta con tanto di portagioie e trucchi, proprio come quelle che si usavano un tempo per truccare e pettinare le attrici. Guardai la foto attaccata allo specchio. Ero io con la felpa del Southern Vermont College in mezzo a mia madre e a mio padre. Amavo quella felpa, ed era ancora nello scatolone che non avevo aperto, quello dei miei ricordi. Amavo quel college. Mi piaceva tanto sia per com'era esteticamente, sembrava un castello immerso nel verde, sia per gli ottimi corsi che offriva e per i suoi docenti preparati. Desideravo così tanto diventare un'infermiera e seguire le orme di mia madre, ma non riuscii più ad andare ai corsi dopo l'incidente, così lasciai perdere. Era troppo complicato seguire le lezioni dopo aver passato la notte a fare incubi e poi mentre il docente spiegava io riuscivo a pensare solo a una cosa: "Era stata tutta colpa mia", o quasi. Mancavano pochi giorni al sabato, il giorno del mio ventesimo compleanno, il 20 luglio. Mi misi il costume verde militare che sulla mia pelle abbronzata stava a pennello, un paio di pantaloncini di jeans e un top nero che si allacciava dietro il collo e aveva sul davanti una bella scollatura a V. Scesi di sotto. Evidentemente mia zia era uscita mentre ero sotto la doccia, perché sul tavolo trovai un bigliettino con i suoi saluti e dei soldi. Esagerava sempre. Notai il postino fermarsi con la bici davanti casa, così andai a prendere la posta. Mi salutò con un gesto veloce della mano e ripartì in sella alla sua bici. Chiusi il cancelletto. La lettera era indirizzata a mia zia e girai la busta per scoprire il mittente. Il cuore mi si fermò, insieme al resto del corpo. Non riuscivo a muovere un passo e i miei occhi non si staccavano da quella scrittura elegante che conoscevo. Non era possibile. La busta mi tremava tra le mani e mi sentii gli occhi riempirsi di lacrime. Era come un pugno nello stomaco. Il mittente diceva "Lisa Watson": il cognome era uguale al mio, mentre Lisa, be', quello era il nome di mia madre.

«Scheggia, tutto bene?». Sussultai a quella voce calda e profonda, mi girai e dal suo volto perplesso capii che non dovevo avere proprio una bella faccia. Feci di sì con la testa, ma lui non sembrò convinto. Scavalcò il cancelletto, che avrebbe potuto tranquillamente aprire, e venne verso di me. Allungò le mani e le poggiò sulle mie braccia.

«Sei sicura? Sembra quasi che tu abbia visto un fantasma». Sfoggiò un sorrisetto che gli creò una fossetta in viso di cui non mi ero accorta fino a quel momento. Sorrisi anch'io. Non aveva idea di quanto fosse vera la sua affermazione.

«Sì sì, sto bene, comunque potevi aprirlo il cancello anziché scavalcarlo».

Il sorriso gli si allargò. «Saltarlo mi rende più sexy ai tuoi occhi».

Alzai lo sguardo. «Sei proprio modesto». Ma aveva ragione, era stato dannatamente sexy mentre saltava quel cancello facendo tendere i muscoli delle braccia e dell'addome.

«Ehi, non l'ho detto io che ero sexy, sei stata tu a dirlo». Adesso mi stava irritando.

«Davvero? E quando mi hai sentito dire una tale cavolata?», dissi guardandolo male. Con la mano destra mi accarezzò la guancia, io mi irrigidii e lui sorrise avvicinando la bocca al mio orecchio. Arrivò subito, passando dal petto e fermandosi più giù, la stessa scarica elettrica che mi aveva attraversata quella mattina.

«Non c'è bisogno che tu lo dica ad alta voce», sussurrò, e poi andò via mentre io rimasi imbambolata lì per un attimo. Mi ricordai della lettera e rientrai in casa. Com'era possibile che fosse arrivata ora? Guardai la data d'invio: tre giorni prima di quel maledetto giorno. Decisi di aprirla sperando che zia Tess non si sarebbe arrabbiata troppo. Mi sedetti sul divano con un bicchiere di tè freddo sul tavolino. C'era un foglietto, lo presi e sentii il cuore accelerare, sembrava quasi pronto a uscirmi dal petto. Lo lessi.

Cara Teresa,

come stai? Il lavoro? Come vanno le cose con George? Non ho tue notizie da un po', mi sto preoccupando e anche Haley. La nostra bambina sta per compiere vent'anni, ci pensi? Non vede l'ora di raggiungerti per il suo compleanno, ti adora sorellina! Ed è per questo che ti scrivo. Ho visto su internet che al piccolo teatro in città c'è una rappresentazione de *Il lago dei cigni* e sai quanto lo adora, così ho pensato che la sera del compleanno, prima di fare baldoria, potreste indossare un vestito elegante e andare a teatro. Sarebbe una bella distrazione e, ti prego, falle conoscere qualche bel californiano. Chissà che lasci perdere James, quel ragazzo non va bene per lei, la sta facendo solo soffrire e lei non mi ascolta. Aiutami tu, sembra in piena crisi adolescenziale!!! Mi manchi, ti voglio bene.

Tua,

Lisa

Le lacrime mi solcavano il viso, allungai la mano e presi i due biglietti di teatro dalla busta. Mi voleva bene, lei mi amava davvero, non era come mio padre che dopo l'incidente mi aveva abbandonata su un letto d'ospedale e quando tornai a casa mi cacciò urlandomi contro che era tutta colpa mia e che mi odiava. Scossi la testa per scacciare quel pensiero. Era stato il destino a far arrivare questa lettera così tardi? Perché anche se il Vermont era lontano non ci voleva certo tutto questo tempo per far arrivare una lettera fino a Santa Monica. Misi tutto nella sua busta e la poggiai sul tavolino della sala, iniziai a bere il tè e mi asciugai le lacrime. Dopo aver mangiato un toast a pranzo scesi in spiaggia ad aspettare Joey e con lei andammo sulla bellissima via pedonale. Si era messa in testa d'insegnarmi ad andare sui pattini a rotelle e non riuscivo proprio a farle capire che era pericoloso mettermi quegli aggeggi ai piedi. «Sul serio Joey, è una cattiva idea, delle rotelle sotto i piedi? Sul serio? Vuoi uccidermi?».

Si mise a ridere. Ci conoscevamo da quando mi ero trasferita e l'adoravo. Portava i capelli lunghi, biondi e lisci, con le punte nere. Gli occhi castani erano grandi come i miei, con delle folte ciglia. Il viso era delicato e ovale con degli zigomi perfetti. Alta più o meno quanto me ma con il fisico più prosperoso del mio. Diceva di essere grassa, invece io la trovavo meravigliosa. I fianchi un po' in carne le conferivano un aspetto fantastico, anche se lei si era messa a dieta perché secondo sua mamma doveva perdere peso. Non avevo mai conosciuto sua madre e suo padre e non ero mai stata a casa sua. Me ne teneva alla larga e temevo che non fossero dei bravi genitori.

«Dài, te la caverai benissimo, ora mettiti questi stupidi pattini e smettila di dire stronzate». Fantastico! Era passata alle maniere forti. A quel punto mi arresi e mi sedetti sul muretto, mi tolsi gli infradito che infilai nello zainetto di Joey e indossai i pattini a rotelle. Mi aiutò ad alzarmi e rischiai un paio di volte di precipitare. «Okay, attenta, tienimi la mano, piano, vedrai te la caverai, sarà come volare».

Le ultime parole famose. Aveva ragione, non sembrava poi tanto difficile e il viale pedonale non era in discesa, quindi non c'era rischio di andare forte, tranne se ti convinci di volare e inizi a muovere più velocemente le gambe. Allora sì che vai forte e come fai a fermarti se nessuno te l'ha spiegato? Stavo puntando dritto contro un muretto intorno a un albero. Fantastico, sarebbe stato uno scontro epico. Sentii Joey che mi chiamava e gridava qualcosa ma non capii, ero troppo concentrata a guardare l'albero sempre più vicino a me, le mie povere ginocchia si sarebbero frantumate, niente ginocchiere e niente casco, molto intelligente da parte mia. Mi misi le mani davanti alla faccia, potevo almeno cercare di attutire la caduta, c'ero quasi, chiusi gli occhi e aspettai lo scontro. Sentii qualcosa intorno ai fianchi che mi mozzò il fiato per un secondo, era una presa stretta, forte e i miei piedi non toccavano più terra.

«È più divertente se freni». Qualcuno ridacchiò e sapevo esattamente di chi era quella voce.

Mi rimise con i piedi a terra, era più alto di me, la mia fronte arrivava alle sue labbra quindi dovetti alzare la testa per guardarlo negli occhi.

«Nessuno mi ha spiegato come si fa», dissi e avvampai. Lui lo notò e sorrise.

«Basta alzare il piede e usare il freno del pattino, con calma altrimenti rischi di romperti l'osso del collo, ma comunque vedo che sei brava». Mi divincolai dalla sua presa d'acciaio. «Decisamente troppi incontri in un giorno solo, non trovi? Immagino che adesso siamo pari».

Lo guardai perplessa. «Pari?».

Fece di sì con la testa.

«Tu mi hai salvato la vita stamattina e io adesso».

Scossi la testa. «Stavi benissimo stamattina». Era sul punto di rispondere quando arrivò Joey, che si fermò con il fiatone.

«Stai bene?». Guardò me e poi Landon, poi di nuovo me e di nuovo Landon e lui parlò.

«Ciao, sono Landon, visto che lei è una gran maleducata e non ci presenta». Alzai gli occhi al cielo, invece Joey divenne rossa e prese la mano tesa di lui, quella non impegnata a cingermi.

«Puoi lasciarmi ora, non cado».

Mi guardò. «Lei non mi ha ancora detto il suo nome, smettila di comportarti da maleducata».

Aprii la bocca per parlare ma Joey mi anticipò.

«Ciao, io sono Joey». Landon le fece l'occhiolino. Alzai gli occhi al cielo.

«Ecco, se vuoi, Scheggia, ora ti lascio». Allentò la presa e io riuscii a liberarmi.

«Sei la sorella di Eric?», chiese lui improvvisamente. Joey aveva un fratello? Lei annuì e abbassò timidamente lo sguardo.

«Fantastico, come sta?». Non fece in tempo a rispondere che arrivò un ragazzo.

«Andiamo Landon, ma che fine hai fatto?». Poi spostò lo sguardo verso di noi.

Era molto bello anche lui. Diversamente da Landon, aveva i capelli castani rasati e la barba della stessa lunghezza dei capelli, corta e sexy. Gli occhi azzurri come i miei, un piercing appena sotto il labbro inferiore, a lato e la parola FAMILY tatuata in alto sul petto, a caratteri eleganti. Era a petto nudo e anche il suo fisico non era niente male: gran bei pettorali, addominali ben scolpiti ma non così a tartaruga come quelli di Landon, e pure lui indossava pantaloncini così bassi da far intravedere una leggera peluria sul ventre. Distolsi lo sguardo, rossa in viso, poggiandolo esattamente dove non volevo, sul ventre di Landon in bella mostra, con quelle ossa del bacino che formavano una perfetta V.

«Scusa Tom, donzella in pericolo», gli disse con un largo sorriso e lui si mise a ridere.

«Non avevo dubbi». Scosse la testa ridendo.

«Andiamo, dobbiamo preparare tutto per il falò di stasera». Guardò Joey. «Ehi». Lo disse come se sapesse esattamente chi fosse.

«Ehi», ricambiò lei, e lui tornò a guardare l'amico.

Guardai Joey e mi resi conto che si era letteralmente incantata a guardare Tom, con gli occhi quasi a cuoricino. Le diedi una gomitata che Landon notò subito.

«Scheggia, perché non venite questa sera?». Vidi di nuovo brillare i suoi occhi per un attimo.

«Non credo sia...». Non riuscii a finire la frase perché Joey mi stava stritolando il braccio.

«Dimmi dove e quando e ci saremo». Era una pessima idea, mi ero ripromessa di evitare le feste, specialmente se avevano a che fare con i ragazzi. Notai Tom sorridere, ma la mia amica non sembrò accorgersene.

«Saremo vicino casa tua». Landon mi guardò.

«Dài, sarà divertente. La festa è dalle dieci in poi. Venite quando volete, ci sarà birra, fuoco, un sacco di gente e dei bei fusti, e per bei fusti intendo me e forse anche Tom». Alzai gli occhi al cielo e Tom gli tirò un pugno sul braccio.

«Idiota». Lo prese per un braccio.

«Allora a stasera, ragazze», disse Tom facendoci l'occhiolino e trascinando via Landon mentre lui mi fissava col solito sorriso che creava quell'incantevole fossetta. Joey, che prima mi aveva strattonato per il braccio, ora stava lì a fissarmi.

«Cosa c'è?», le chiesi sedendomi cautamente sul muretto e levandomi dai piedi quelle trappole mortali.

«Sul serio? E me lo chiedi? Da quando conosci Landon?». Mi guardò con gli occhi sgranati.

«Da stamattina», risposi, e lei li sgranò ancora di più.

«E perché l'hai tenuto segreto? Come l'hai conosciuto? Dove? Che diavolo ci mettiamo stasera?». Indossai gli infradito, dopodiché lungo la strada del ritorno le raccontai che in quella mattinata lo avevo incontrato due volte. Mentre parlavo mi ritrovai a sorridere. Era da tanto tempo che non sorridevo di mia spontanea volontà, spensieratamente, e non so se questo mi fece più male o se invece mi diede sollievo, ma Joey lo capì.

«Non fa niente se sorridi, va bene così», mi prese la mano e io la strinsi. Era la prima persona con cui avevo stretto amicizia da quelle parti; la mia casa era solo a un paio di villette dalla sua e ci eravamo conosciute dopo una settimana che vivevo lì. Avevo litigato con zia Tess perché mi aveva trascinata in California, mentre io volevo stare a casa mia. Tuttavia mio padre non mi voleva con lui e io non avevo un posto dove andare visto che avevo abbandonato anche il college. Non avevo scelta e questa cosa non mi piaceva, così dopo una lite furibonda con lei corsi in spiaggia e mi uscì dal petto tutto quel dolore che non avevo permesso a nessuno di vedere. Piansi e gridai, il rumore delle onde sovrastava le mie grida, finché non mi ritrovai vicino una ragazza che mi accarezzava i capelli e mi rassicurava. Le raccontai dell'incidente senza scendere nei particolari, dicendo solo che la macchina aveva sbandato, e di mio padre.

«E tu», esordii incrociando le braccia, «perché non mi hai detto che hai un fratello?».

Aprì e chiuse la bocca prima di sospirare.

«Ho un fratello più grande, si chiama Eric, è un musicista, non vive a casa da un po' e no, non mi va di parlarne».

C'era una nota di dolore nella sua voce e sapevo fin troppo bene cosa significasse non voler parlare di qualcosa che ti fa soffrire, quindi mi limitai ad annuire. «Cosa indosserai stasera?», mi stava chiedendo.

«Non ne ho la minima idea, sei tu quella cresciuta in riva all'oceano. Come vi vestite da queste parti per andare ai falò?», le chiesi.

«Non lo so, non ci sono mai andata ai falò». La guardai, aveva abbassato lo sguardo.

«Perché?». Alzò le spalle.

«Perché non avevo il permesso». Alzai un sopracciglio ma lei non mi guardò e lasciai perdere.

«Va bene, e cosa mi dici degli occhi a cuoricino che avevi con Tom?». Sorrisi, lei mi guardò e si coprì il viso con le mani.

«Oddio, era così palese?». Si scoprì appena gli occhi e vedendo la mia espressione li coprì di nuovo. «Merda».

Le passai un braccio intorno alle spalle. «Tranquilla, era chiaro solo alla tua migliore amica».

La salutai davanti casa e decidemmo che ci saremmo incontrate per le dieci. Appena entrata, accesi le luci e mi levai le scarpe. Amavo camminare a piedi nudi per casa. Mi buttai sul divano, presi il telefono e ordinai una pizza con patatine e würstel. Nel frattempo tolsi i piatti che la mattina avevo messo in lavastoviglie e misi ogni cosa al proprio posto. Sentii aprire il cancelletto e poco dopo suonare il campanello, ma dalle enormi finestre della sala avevo visto il fattorino arrivare. Andai ad aprire, presi la pizza e pagai. La misi sul tavolino in soggiorno, accesi la TV, presi una lattina di Coca-Cola dal frigo e cenai. Joey mi tartassò per tutto il tempo mandandomi foto di ipotetiche magliette, top, gonne, pantaloncini e vestitini che avrebbe potuto indossare al falò. Alla fine scelsi per lei un costume a fascia nero, un top rosso senza bretelline che le lasciava la pancia scoperta, una gonna nera, lunga e velata, e un giubbottino di jeans. Sexy, non troppo appariscente, le belle curve in vista e casual. Invece per me scelsi un costume bordeaux, una minigonna di jeans e una felpa che mi lasciava una spalla scoperta dello stesso colore del costume. Presi la minuscola borsetta di pelle nera dove ci entravano solo il telefonino e le chiavi di casa e mi feci uno chignon veloce e disordinato; un po' di eyeliner e mascara sugli occhi ed ero ufficialmente pronta. Mancavano solo gli infradito. Ero tremendamente nervosa al pensiero di andare a un falò, non perché questa fosse la prima volta, ma perché l'ultima festa a cui avevo partecipato era stata quella sul lago Champlain. Spensi le luci e accesi quella di fuori, uscii di casa e poi rientrai. Non era una buona idea andare a una festa, in realtà ultimamente niente mi sembrava essere una buona idea, però non potevo certo fare la monaca di clausura per il resto della vita. Sbuffai e mi girai di nuovo verso la porta. Basta rintanarsi in casa, non sarebbe successo niente. Annuii a me stessa e andai da Joey. Era molto carina vestita in quel modo: look semplice che però metteva in risalto la sua silhouette; non troppo elegante, per via del giubbottino di jeans e degli infradito. Aveva i capelli raccolti da una parte ed era leggermente truccata, con un po' di lucidalabbra. Le sorrisi e l'abbracciai.

«Sei splendida», dissi, e lei mi sorrise.

«Anche tu, ma avresti potuto fare di meglio». Scossi la testa e insieme scendemmo in spiaggia.

Landon aveva ragione. Non erano lontani da casa e infatti arrivammo a destinazione in pochi minuti. C'era un grande falò e molta gente tutt'intorno. Alcuni gruppi di ragazzi suonavano la chitarra e cantavano, altri bevevano, altri ancora ballavano. C'erano anche coppiette che si baciavano all'ombra del fuoco e chi giocava a calcio con delle reti improvvisate. Vidi Landon, con indosso un pantaloncino della tuta, intento a giocare a calcio insieme a Tom e ad altri ragazzi che non conoscevo. Dio quant'era bello. Con la luce del fuoco i suoi capelli castani avevano mille riflessi e si notavano le goccioline di sudore sul collo e lungo la schiena. Un brivido mi attraversò. Io e Joey andammo a prendere da bere e decisi di ignorarlo. Joey girò qua e là a salutare qualcuno, ma notai che non aveva un rapporto stretto con nessuno e ne fui meravigliata. Era una ragazza divertente e molto dolce, una grande amica, e quindi non capivo quale fosse il problema. Sicuramente era meglio di quella che io consideravo la mia migliore amica nel Vermont e che non era neppure venuta a trovarmi in ospedale, né tantomeno al funerale di mia madre. Ebbi un groppo alla gola e cercai di scacciare quei pensieri con la birra. Bevvi un sorso e un altro ancora finché il bicchiere fu vuoto e decisi di andare a prendermene un altro.

«Torno subito».

La lasciai a chiacchierare con una ragazza bassa e

snella che aveva addosso solo il costume e si era appena fatta il bagno. L'acqua doveva essere bella calda a quell'ora, ma non riuscivo a trovare nulla di eccitante nel buttarsi a mare senza vedere cosa ci fosse sotto. Presi un altro bicchiere colmo di birra e andai a sedermi su un piccolo tronco poco lontano dal falò, in riva all'oceano. Rimasi a osservare tutti mentre si divertivano. I ragazzi facevano gli stupidi e le ragazze ridevano di loro; c'era anche chi cantava qualcosa, ma non riuscii bene a capire cosa; guardai Joey e vidi un ragazzo avvicinarsi a lei, si sistemò una ciocca di capelli dietro l'orecchio e da lì riuscii a vederla arrossire, sorrisi e mi voltai a guardare il mare con gli splendidi riflessi della luna. Sembrava ricoperto di diamanti, era bellissimo, ma spaventoso, un po' come ogni cosa che crediamo bellissima. Non possiamo farne a meno: è la nostra linfa vitale e nel contempo incute paura, ci fa tremare, un po' come l'amore.

«Ciao». Sussultai.

Un ragazzo si era appena seduto accanto a me. Era un bel tipo, i capelli biondi più corti da un lato e più lunghi sopra, gli occhi scuri e la barbetta. Indossava una maglietta a giromanica e un paio di pantaloncini militari.

«Ciao», risposi.

«Cin cin». Avvicinò il suo bicchiere al mio e io feci lo stesso, gli sorrisi e lui ricambiò. Non ero molto attenta ai particolari, forse perché quel secondo bicchiere di birra stava per finire e io mi sentivo leggermente brilla. Gli occhi si posarono sulle sue labbra, piccole e sottili.

«Sei molto bella». Lo guardai e alzai un sopracciglio.

«E tu molto schietto», risposi sorridendo, lusingata.

«Io sono Logan». Gli strinsi la mano.

«Haley». Prima che lui potesse dire qualcos'altro sentii una mano sulla mia spalla nuda.

«Bene, ora che le presentazioni sono state fatte direi che puoi lasciarci soli, Logan». Riconoscevo quella presa, anche da brilla. In un solo giorno avevo imparato a riconoscerlo.

«Landon, cosa vuoi?», chiesi brusca. «Stavamo parlando», continuai.

«Me ne sono accorto», rispose.

«E visto che sei brilla non dovresti parlare con gli sconosciuti», aggiunse con un tono altrettanto brusco.

«Non sono brilla», gli dissi e feci per alzarmi, ma per un attimo vidi tutto girare e mi ritrovai la mano di Landon appena sopra il gomito che mi reggeva. Logan si alzò in piedi e abbassò lo sguardo non appena notò che Landon lo guardava con occhio truce.

«Ci vediamo in giro, Haley», disse prima di allontanarsi.

«Avanti, siediti». Landon mi tirò per il gomito facendomi sedere sul tronco.

«Sei un idiota», gli dissi. «Perché non mi hai lasciata in pace? Sto bene e facevo amicizia, qual è il problema?». Mi guardò intensamente prima di rispondere.

«A parte il fatto di essere brilla, dici? Non sono tutti bravi ragazzi, *Haley*». Sottolineò il mio nome e io mi ritrovai ad alzare gli occhi al cielo, ancora una volta.

«Chi ti credi di essere? Il mio paladino? Vuoi proteggere la mia virtù?».

Sorrise appena. «Forse sì», rispose. «O forse voglio che la tua virtù sia solo mia», aggiunse con un ghigno, e io arrossii ridacchiando. Lo osservai mentre guardava la luna. Era bellissimo sotto quella luce, con il suo profilo perfetto, gli occhi che sembravano aver preso il colore della luna.

«Non ho bisogno della tua protezione». La mia voce fu solo un sussurro. Lui si voltò verso di me e si avvicinò così tanto che i nostri nasi si sfiorarono.

«Sì invece», mi disse, e sorridendo gli si formò in viso la solita fossetta.

«Joey chiacchiera con un ragazzo e Tom sembra pronto a ucciderlo. Non penso che tu voglia disturbarli, quindi ti riaccompagno a casa, andiamo». Si alzò.

«Non ce n'è bisogno».

Mi alzai per dimostrargli che potevo benissimo cavarmela da sola, ma barcollai e lui mi prese al volo. Le sue mani mi cinsero i fianchi mentre le mie si posarono su quel petto maschile. Alzai lo sguardo e ancora una volta i nostri visi erano così vicini che riuscivo a sentire il suo respiro sulle mie labbra.

«Secondo me hai bisogno di aiuto», disse. «Avvertirò io Joey non appena ti avrò riportata a casa, quindi non preoccuparti, va bene?».

Acconsentii e ci avviammo. Davanti al cancelletto cercai di convincerlo che non occorreva accompagnarmi dentro casa, ma non ci riuscii. Una volta davanti alla porta presi le chiavi e tentai invano di farle entrare nella serratura, così lui, spazientito, me le tolse dalle mani e aprì.

«Sei conciata male», disse entrando.

«Non è vero», dissi io.

Dopo la passeggiata mi sentivo un po' meglio.

«Ma se non riuscivi nemmeno a far entrare la chiave nella serratura!».

Andò verso il frigo, lo aprì e prese dell'acqua, la versò in un bicchiere e me lo porse mentre mi sedevo sul divano. Si sedette vicino a me, ero stanca, sentivo gli occhi pesanti.

«L'alcol non fa per te», mi disse.

«Sono solo fuori allenamento», gli risposi e lo guardai. Continuavo ad avere quella sensazione, continuavo a sentirmi a mio agio ogni volta che incrociavo il suo sguardo. Posai gli occhi da un'altra parte e mi portai le ginocchia al petto.

«Forse è meglio che tu vada», gli dissi. Per un attimo non sembrò muoversi, poi si alzò.

«Va bene, sei sicura che starai bene? Sei sola?». Annuii e lo accompagnai alla porta.

«Sì, mia zia è partita stamattina». Si fermò davanti alla porta e si girò verso di me, e le parole mi uscirono di bocca senza rifletterci.

«Cosa ci fai qui Landon?».

Mi guardò perplesso. «Ho accompagnato una ragazza ubriaca a casa», disse ridendo.

«Dico sul serio, tu non sei questo». Landon si avvicinò e mi poggiò la mano sul collo.

«Chi sono, Haley?».

«Sei Landon, il ragazzo più ambito del posto, quello che porta a letto sempre una ragazza diversa, quindi, cosa ci fai qui? Perché perdi tempo con me?».

Si avvicinò ancora di più e la sua mano salì piano dal collo alla guancia, poi la sentii tra i miei capelli, mentre il corpo fremeva dal desiderio di avere quelle mani su di me, ovunque. Dovevo allontanarlo. La sua bocca si avvicinò al mio orecchio, sentii il suo respiro su di me, l'odore di birra e dopobarba, poi i miei capelli mi ricaddero sulle spalle.

«Stai meglio così», sussurrò.

«Comunque, per rispondere alla tua domanda, non lo so». Mi baciò piano appena sotto l'orecchio e chiusi gli occhi mentre il mio respiro accelerava. Riuscii a trovare la forza per parlare.

«Devi andare».

Mi baciò sulla guancia.

«Farò tutto ciò che vuoi». Mi bagnai le labbra secche che lui ora guardava avidamente.

«Devi andare», dissi ancora. Lui annuì con la testa e andò via chiudendosi la porta alle spalle mentre io cercavo di ricordarmi come riprendere fiato.

2

Andai dritta in bagno, aprii l'acqua della doccia e la feci scorrere mentre mi spogliavo. Avevo bisogno di rilassarmi. Uscita dalla doccia, con l'asciugamano attorno al corpo mi lavai i denti davanti allo specchio appannato del bagno per levarmi dalla bocca il sapore della birra, e andai a vestirmi in camera. Mi misi gli shorts fucsia, che sembravano più delle culottes, e una maglietta corta bianca con tante piccole Minnie dai contorni fucsia in diverse posizioni di ballo. Mi raccolsi i capelli in una coda e mi infilai nel letto. Fu una notte inquieta, mi svegliavo e riaddormentavo continuamente, poi a un certo punto, quando la luce iniziò a entrare in camera, riuscii finalmente a prendere sonno. Il suono del campanello alla porta mi fece svegliare di soprassalto. Non avevo idea di chi fosse, forse Joey, ma di solito lei suonava a intermittenza. Ora invece avevano il dito attaccato al campanello.

«Arrivo», urlai.

Scesi in fretta dal letto e corsi di sotto, aprii la porta e rimasi senza fiato.

«Ce l'hai fatta finalmente, dormigliona! Iniziavo a pensare che fossi morta o qualcosa del genere».

Lo guardai perplessa. Landon era davanti a me con due caffè e una piccola scatola rosa della pasticceria del centro. Indossava un cappello rosso, una maglietta dello stesso colore, dei bermuda larghi e un paio di infradito. La maglia per fortuna era piuttosto lunga altrimenti, con quei bermuda a vita bassa, avrebbe sicuramente messo in bella vista tutta la sua mercanzia. Prima che potessi dire qualsiasi cosa si fece largo ed entrò in casa. Andò dritto verso il bancone della cucina dove posò la scatola della pasticceria e i caffè. Io mi girai a guardare l'orologio sul muro. Erano le otto di mattina. Cosa diavolo ci faceva a casa mia a quell'ora?

«Landon, sono le otto di mattina», dissi con la voce un po' roca.

«Volevi dormire tutto il giorno?», chiese lui perplesso. Sbuffai e chiusi la porta.

«Mi ero addormentata da poco e sarebbe stato bello dormire, che so, due ore di fila?».

Landon si allontanò dal bancone e venne verso di me che nel frattempo stavo entrando in cucina. Mi poggiò le mani sui fianchi e mi costrinse ad alzare lo sguardo su di lui mentre lui abbassava il suo su di me. Era serio.

«Sei stata male? Perché non hai dormito?». Scossi la testa, ma prima che riuscissi a parlare lui mi interruppe. «Lo sapevo che non dovevo andare via, ma sembrava che stessi meglio e non stavi per vomitare». Aveva tolto una mano dal mio fianco e l'aveva stretta in un pugno.

Sorrisi. «Landon, sto bene, stanotte non sono stata male, ero solo inquieta».

Sembrò rilassarsi un po'. «Inquieta? Perché?». Fantastico, la mia domanda preferita.

«Non lo so», risposi. Non ero ancora abbastanza sveglia per inventare una buona scusa, però in compenso sembrò trovarla lui.

«Pensavi a me, non è vero? A quanto sono irresistibile». Si mise a ridere e io lo colpii sul braccio.

«Idiota», gli dissi ridendo a mia volta. Si girò verso il bancone e mi porse il caffè, poi aprì la scatola rosa.

«Non so come ti piacciono, quindi ho preso le ciambelle con zucchero, al cioccolato fondente, con la glassa colorata, con granella di nocciole, con della semplice glassa bianca o con ripieno all'amarena». Si voltò a guardarmi, mentre io guardavo quella piccola scatola piena di prelibatezze.

«Wow», dissi, e il suo sorriso si allargò sempre più. «Non dovevi Landon».

«Scegli, al resto ci penserò io». Risi e presi quella al cioccolato fondente.

«È anche il mio preferito», disse lui fiero.

«Possiamo dividerlo».

«No no no, mangia pure. Me ne restano tante. Saranno la mia consolazione».

Lo guardai scioccata. «Stai scherzando? Finirai per sentirti male con tutti quegli zuccheri in corpo». Lui agguantò quella con granella di nocciole.

«Cosa fai? Ti preoccupi per me?». Bevvi un sorso

del mio caffè e lo ignorai. Andai alla grande finestra e guardai le piccole onde dell'oceano.

«Quei pantaloncini sono quasi indecenti, lo sai? Per non parlare della maglietta». Quasi mi strozzai mentre bevevo il caffè, e poi ripensai a com'ero vestita: maglietta bianca e senza reggiseno. Incrociai subito le braccia al petto. Lui rise e si avvicinò.

«Non mi sei di grande aiuto, signorina bel culetto». Avvampai e abbassai un po' la testa ritrovandomi a fissare il suo bacino. Notai una certa protuberanza sotto i pantaloncini e la maglietta, e io di certo non ero un'ingenua. Avvertii un tocco sotto il mento, le sue dita, mentre mi faceva alzare piano la testa, mi guardò prima negli occhi e poi abbassò lo sguardo sulle mie labbra. Era così dannatamente attraente, mi sentivo sciogliere dentro. Dopo James non avevo permesso a nessuno di avvicinarsi a me; dopo quello che avevo passato, dopo tutta la mia sofferenza, non volevo rimanere scottata ancora una volta, né volevo correre il rischio di perdere qualcuno a cui tenevo.

«Sei bellissima», disse avvicinandosi ancora un po' con il suo viso.

«Landon, non è una buona idea».

Poggiò la mano sinistra sul mio fianco e, abbassando lo sguardo, vidi tutti i tatuaggi che gli adornavano il braccio sinistro. Fra i tanti disegni ne notai uno in particolare: il viso di una bambina, sull'avambraccio. Era bellissima, in diverse sfumature di grigio. Aveva dei grandi occhi, un nasino e le guance belle piene; una frangetta le incorniciava il volto e i capelli le ricadevano sulle spalle. Non era un disegno grande, ma era fatto molto bene e mi chiesi chi fosse quella bambina. Riportai lo sguardo su di lui quando lo sentii tirarmi a sé. Lo guardai negli occhi e per un attimo mi persi nelle verdi vallate di casa, nel cuore dei pini, nei giardini dove trascorrevo interi pomeriggi. Era così vicino che il suo respiro mi solleticava le labbra. Aveva entrambe le mani sui miei fianchi, i pollici infilati appena sotto l'orlo della maglietta, sulla pelle nuda. Quel tocco era caldo, quelle mani forti. Avevo di nuovo smesso di respirare mentre sentivo che alcune parti del mio corpo lo desideravano ardentemente, ma non potevo.

«No». Il lieve contatto fra le nostre labbra fece tremare entrambi.

«Haley». La sua voce era un sussurro.

«Non posso, scusa». Mi scostai, ma non riuscii ad allontanarmi del tutto perché la sua morsa era d'acciaio.

«Perché?», mi domandò posando la sua fronte sulla mia.

«Forse perché ti conosco da appena ventiquattro ore?». Sembrava inquieto, i nostri nasi si toccavano.

«A me sembra di conoscerti da sempre, non so cosa significa, ma da quando ti ho vista ieri io, io non ho mai desiderato nessuna così, mai».

Eravamo immobili, accanto alla finestra, le sue mani su di me, i nostri corpi che si sfioravano, lo sentivo eccitato e sentivo il calore prendere il sopravvento, tanto che stavo quasi per lasciarmi andare. La sua fronte era contro la mia, i nostri nasi si sfioravano, occhi dentro occhi, li chiusi e deglutii a fatica, misi le mie mani sulle sue e le staccai da me.

«Questo non è possibile». Mi allontanai sperando che i miei capezzoli ormai duri non si notassero troppo.

«Non mi dirai il perché, vero?», chiese lui, e lo guardai.

«Ci conosciamo appena». Fece di sì con la testa.

«Bene, allora aspetterò di conoscerti meglio. Ovviamente non significa che non ci proverò ancora, a dire il vero tenterei già adesso».

Alzai gli occhi al cielo e sbuffai. «Mi farai impazzire».

Ed eccolo di nuovo accanto a me con la bocca al mio orecchio. La sua voce fu solo un sussurro: «So bene come farti impazzire, tesoro». Si scostò, mi fece l'occhiolino e si avviò verso la porta. «Ci vediamo dopo, ora mi aspettano in spiaggia».

Cos'era, una specie di appuntamento? Chiusi la porta e presi il cellulare, scrissi a Joey quello che era successo e dopo cinque minuti la sentii bussare alla porta.

«Entra», le urlai mentre preparavo del tè. Entrò con un enorme sorriso sulla faccia.

«Primo, non dovresti lasciare la porta aperta, potevo essere uno stupratore, un assassino, un rapinatore, e secondo, racconta racconta racconta!».

Si avvicinò con la sua voce squillante, battendo le mani, mentre io alzavo gli occhi al cielo.

«E no signorina, con me non alzi gli occhi al cielo». Mi puntò contro l'indice, io risi e versai il tè in due tazze.

Sedute su uno sgabello davanti alla penisola della cucina, le raccontai quello che era successo la sera prima e quella mattina e lei non faceva altro che squittire e battere le mani.

«Oddio, hai conquistato Landon Carter, tesoro». Fece di sì con la testa mentre io facevo di no con la mia.

«Però non capisco, quella sera l'ho visto andare via con quella… con Shaila».

La guardai accigliata. «Chi è?».

Joey chiuse gli occhi e scese dallo sgabello.

«Diciamo che qui i ragazzi passano tutti da lei».

«Oh…», risposi.

Conoscevo quel genere di ragazze. Alcune, prima, erano mie amiche.

«Be', ma lui può andare con chi vuole, non stiamo insieme, non c'è niente fra noi, è libero e io non voglio un ragazzo, quindi sono felice per lui». Dentro di me, però, non ne ero così convinta.

«Uhm… va bene, come dici tu, Haley». Sorrise e io non potei fare a meno di alzare le braccia all'aria esasperata.

«Che c'è? Ti do ragione». La guardai piegando leggermente la testa.

«Certo», sogghignò. «Dài, mettiti il costume e scendiamo in spiaggia».

«Aspetta un momento, non così in fretta». Joey si girò a guardarmi accigliata.

«E la tua serata com'è finita? Parlavi con un ragazzo quando sono andata via». Sbuffò.

«Sono andata a letto da sola, ecco com'è terminata la mia serata. Sì, ho parlato con un tizio di nome James e le cose stavano diventando interessanti, quando Tom è sbucato dal nulla e per sbaglio gli ha versato la birra addosso».

«Per sbaglio», affermai io ridendo e lei annuì.

«È stato un incidente».

«Sì, certo, cose che capitano», la presi in giro.

3

Andai di sopra e mi infilai un costume marrone e un vestitino cucito all'uncinetto dello stesso colore. Presi la borsa della spiaggia e andammo a prendere il sole. Faceva caldissimo, come sempre d'altronde, tranne quelle poche volte in cui pioveva e quest'anno molto probabilmente avrei visto la pioggia anche in un simile paradiso. Ne sentivo un po' la mancanza però. Da me, a Burlington, anche d'estate le temperature non salivano tantissimo e pioveva spesso. Era bello, amavo leggere seduta sul balconcino della finestra in camera mia mentre pioveva a dirotto; c'era un'atmosfera malinconica, ma tutti noi ogni tanto ne abbiamo bisogno. Anche il giorno del funerale di mia madre pioveva a dirotto. La pioggia cessò di cadere una volta arrivati al cimitero, forse per permetterci di salutarla un'ultima volta, perché non appena iniziarono a coprire la sua bara marrone iniziò a piovere di nuovo e io stetti lì, finché il buco fu chiuso completamente, mentre le mie lacrime si mischiavano alla pioggia ed ero quasi certa che quel giorno anche il cielo stesse piangendo per lei.

«Haley», vidi una mano passarmi davanti alla faccia, da destra a sinistra. Mi voltai verso Joey.

«Non hai ascoltato una parola, vero?». Scossi la testa e mi sentii in colpa.

«Scusa». Sbuffò disperata.

«Ti stavo raccontando di ieri e dello splendido ragazzo che ho conosciuto». Legai i capelli in uno chignon con una matita che avevo in borsa e che usavo di solito per sottolineare i passaggi che più amavo nei libri.

«Il tizio a cui Tom ha fatto la doccia con la birra?», chiesi sdraiandomi pancia sotto sul mio asciugamano Versace che zia Tess mi aveva regalato. Lei si alzò sui gomiti e guardò verso l'oceano che era praticamente una tavola.

«Forse lo conosci, è del Vermont come te». *Cooooooosa????*

«Sul serio?». Il cuore iniziò a martellarmi nel petto.

«È bellissimo ed è stato molto carino con me e...».

Non sentii il seguito, ricordai il nome, James, e il mio cuore si fermò e il cervello iniziò a dare segnali di pericolo. Era scattato l'allarme "ex".

«Lo conosci?». Eccome se lo conoscevo. Seguivamo quasi gli stessi corsi al college e dopo neanche un mese che questi erano iniziati già avevamo iniziato a uscire insieme. Io, lui e Jenny, la ragazza che un tempo era la mia migliore amica, eravamo un trio inseparabile, adoravo tutti e due, forse troppo, visto che non mi resi conto che lui mi tradiva con lei. Era di gran lunga un bel ragazzo, con i suoi occhi color cioccolato, i capelli neri lunghi quasi fino alle spalle che spesso legava in una piccola coda, e la pelle sempre abbronzata, dato che trascorreva metà del suo tempo ad aiutare i suoi con la fattoria. Aveva bei muscoli. Era un bravo ragazzo, certo, ma a me aveva spezzato il cuore e fatto a pezzi l'amicizia con Jenny con la quale ero cresciuta insieme e avevo vissuto i momenti più belli e brutti della mia vita, anche se il più brutto in assoluto lo stavo superando da sola, e questo non glielo avrei mai perdonato. Era colpa sua se non volevo più avere a che fare con l'altro sesso ed era colpa sua se quella notte volli andare via dal lago di corsa e chiamai i miei per farmi venire a prendere.

«Sì, lo conosco».

«Davvero? E dimmi, com'è? Come fai a conoscerlo?». Mi sedetti, indecisa se raccontarle o meno come stavano le cose, quando una palla che non avevo visto arrivare mi colpì la parte sinistra della faccia, compreso il naso che in men che non si dica iniziò a sanguinare. Merda.

«Oh mio Dio, Haley».

Sentii squillare la voce di Joey al mio fianco mentre io cercavo qualcosa, qualsiasi cosa da poggiare sul naso, per tamponare. Sentii imprecare e poco dopo delle mani mi toccarono la spalla e il viso.

«Scusa, stai bene? I ragazzi hanno tirato troppo forte».

Con mia incredulità mi ritrovai di fronte Logan. Joey mi aveva passato la bottiglietta d'acqua con la quale mi ero sciacquata il naso e vidi Logan bagnarsi la maglia con quell'acqua e tornare da me.

«Sto bene», gli dissi, ma lui si piegò e mi mise la maglietta sul naso.

«Sta' tranquilla, ne ho tantissime di queste magliette». Scossi la testa mentre mi tenevo la maglietta sul naso.

«Non dovevi preoccuparti, non è niente di grave». Lui mi guardò inclinando un po' la testa. Era bellissimo.

«A parte metà faccia rossa e il naso che sanguina?»

«Già». Joey disse che era meglio tornare a casa e mettere del ghiaccio e io concordai con lei, era la cosa migliore da fare, così mi alzai, barcollando un po' e Logan fu subito al mio fianco.

«Sei bianca in viso», disse preoccupato.

«È normale, sto perdendo sangue».

«Haley!». Mi sentii chiamare e quando mi girai vidi Landon correre verso di me. Per un attimo sentii il cuore scaldarsi, mi raggiunse subito e spostò lo sguardo dal mio naso a Logan.

«Ma che cazzo è successo?». Si avvicinò a Logan, un po' troppo, faccia a faccia, infuriato e pronto a fare qualcosa di stupido.

«Sto bene», mi affrettai a dire.

«È stato un incidente». Non distolse lo sguardo da lui.

«I ragazzi hanno tirato il pallone troppo forte e l'hanno colpita, l'accompagno a casa e mi assicuro che stia bene». Tentò di avvicinarsi a me quando sentii la mano di Landon stringersi intorno al mio polso libero.

«Tu non l'accompagni da nessuna parte. La porto alla cabina, mi occuperò io di lei».

Logan alzò le mani in segno di resa e mi fece un cenno con la testa. Joey mi diede una gomitata.

«Ti lascio in buone mani allora», sussurrò. Io la guardai storto e un attimo dopo mi ritrovai fra le braccia di Landon.

«Mettimi giù Landon, è solo un po' di sangue dal naso, posso camminare», gli dissi dimenandomi, ma la sua stretta era forte.

«Non se ne parla, puoi avere dei capogiri e sentirti male e poi io sono il bagnino e devo prendermi cura dei feriti», parlò guardando dritto davanti a sé, senza nemmeno salutare Joey che se ne andò sorridendo. «Ancora non hai capito che quel tipo non mi piace».

«Mi hanno colpito con una palla, non stavo mica uscendo con lui e poi non devono piacere a te le persone con cui parlo», sbottai e lo vidi serrare le mascelle.

Restò in silenzio per il resto del tragitto. Mi portò nella piccola cabina bianca e mi mise su un lettino addossato al muro. Le pareti erano piene di calendari di ragazze in costume, qualche foto, una radio trasmittente, una TV con lettore DVD, una poltrona e qualche armadietto. Si avvicinò a uno di essi e prese una cassetta bianca con una croce sopra, il kit di pronto soccorso. Tirò fuori della garza e la bagnò.

«Fammi dare un'occhiata». Scostai la maglietta imbrattata di sangue di Logan e mi pulì. Per fortuna il naso sembrava aver smesso di sanguinare, però a toccarlo mi faceva male.

«Ahi», mi lamentai. Lui mi guardò per un attimo.

«Così impari a frequentare certa gente».

«Non ero con lui, mi stavo facendo gli affari miei, ma perché sei così arrabbiato?». Non rispose mentre continuava a ripulirmi e a non guardarmi. Cominciava a montarmi dentro la rabbia. Perché cavolo si comportava così? Mi conosceva appena e voleva dirmi chi vedere e chi frequentare e pensava di avere il diritto di arrabbiarsi con me quando non era colpa mia. Allontanai la sua mano. «Studiavo per diventare infermiera. So come ripulirmi da sola».

Scesi dal lettino e lui sembrò stupito. Andai verso la porta e mi prese per un gomito.

«Aspetta», disse a denti stretti.

«Perché?», chiesi, non era ciò che volevo dire ma era quello che mi passava per la testa.

«Non voglio che trascorri del tempo con lui». Alzai gli occhi, era pazzesco, era ancora convinto che mi trovassi insieme a Logan. Mi divincolai fino a liberarmi.

«Non ero con lui, Landon, e non devo giustificarmi con te».

Una volta arrivata alla porta una mano la bloccò e mi ritrovai a guardare il suo braccio tatuato a un centimetro dal mio viso. Sentivo il suo sguardo addosso, fui costretta a girarmi e mi ritrovai intrappolata fra lui e la porta. Si avvicinò a me così tanto che mi ritrovai col viso di fronte alla sua gola. Lui abbassò lo sguardo, poggiò la fronte contro la mia, sfiorò il mio naso dolorante con il suo. Il verde dei suoi occhi era diventato più scuro, non sembrava più di guardare un prato, sembrava di stare in mezzo al bosco a tarda sera. Quegli occhi erano intensi e disperati, davvero disperati. Era sul punto di dirmi qualcosa, ma inspirò e socchiuse gli occhi, poi espirò piano e sembrò ripensarci.

«Metti del ghiaccio sul naso». Era freddo, distaccato. «Sta' attenta, Haley», sussurrò prima di abbassare il braccio sinistro dandomi il via libera.

Non riuscivo a muovermi. Riflettevo bene su cosa avrei voluto chiedergli, i miei occhi ancora nei suoi, e avvertii un brivido che mi corse lungo la schiena. Fu lui a spostare lo sguardo per primo e io chiusi gli occhi un attimo, poi andai via, scesi la passerella bianca e mi diressi verso casa. Avevo gli occhi pieni di lacrime e non sapevo neanche perché. Era il suo sguardo a farmi stare così, era l'esasperazione, era tutto.

4

Tornai a casa sbattendo la porta e andai in bagno a sciacquarmi la faccia e occuparmi del naso, ma Landon aveva fatto un ottimo lavoro. Mi guardai allo specchio. Avevo gli occhi pieni di lacrime, cercai di ricacciarle indietro, poi sussultai sentendo il mio cellulare squillare. Sul display era comparso il nome di zia Tess. «Ciao zia», dissi cercando di essere il più normale possibile.

«Ciao tesoro, stai bene?»

«Sì zia, tu? Come va lì?».

La sentii sospirare. «Haley ti chiamo proprio per questo, il giudice ha rimandato a lunedì e temo di non riuscire a tornare per il tuo compleanno, ho davvero tanto lavoro da fare». Chiusi gli occhi e mi poggiai al lavandino.

«Va bene». Avevo la voce quasi rotta e non era un buon segno.

«Tesoro…», tentò di dire, ma la bloccai schiarendomi la voce.

«Va bene zia, non preoccuparti, davvero». Si scusò altre dieci volte prima di dire qualcosa di diverso da "mi dispiace".

«Cosa farai?».

Ripensai ai biglietti del teatro. «È arrivata della posta, da mamma». La sentii trattenere il respiro.

«Scusa se ho aperto la tua posta. Dentro c'erano due biglietti per andare a vedere lo spettacolo teatrale de *Il lago dei cigni* e magari chiedo a Joey di venire con me». Tirò su col naso. Negli ultimi quattro mesi piangeva spesso, la sentivo anche in camera sua la notte, quando credeva che dormissi.

«Oh bambina, è il tuo primo compleanno senza di lei e io sono bloccata qua...». Iniziò a singhiozzare.

Chiusi gli occhi. «Va tutto bene zia, me la caverò».

Riattaccai dopo averla rassicurata. Zia Tess era sempre stata la più pazza fra le due sorelle. Quando mia madre non voleva che facessi qualcosa, e visto che mio padre era sempre dalla sua parte, io chiamavo lei che, da bravo avvocato qual era, riusciva a convincerli. Era divertente, mi riempiva di regali, tutti azzeccati, e ogni volta che veniva a trovarci sembrava Natale. Soffriva molto per la morte di mia madre, anche se cercava di nasconderlo, per me, ma sapevo bene che aveva il cuore a pezzi proprio come ce l'avevo io, e cercare di tenersi impegnata con il lavoro era il suo modo di affrontare quel lutto. Scesi di sotto non appena sentii dei rumori. La signora Rosa era in cucina che infornava qualcosa e le prese quasi un colpo quando mi vide.

«*Mi corazón*, mi hai spaventata».

Rosa era una donna piccola dai tipici tratti ispanici. La adoravo. Mi abbracciò, e Dio solo sa quanto ne avessi bisogno.

«Te ho portato la lasagna, è *muy buena*». Il suo accento era splendido e io in quattro mesi avevo già imparato qualche parola. La conoscevo fin da piccola: praticamente ogni volta che venivo da mia zia passavo le giornate appiccicata a lei, per me era come una nonna.

«*Gracias*, Rosa».

Mi diede qualche colpetto amorevole sul braccio. «*Todo bien*, Haley?». Se va tutto bene? Mia madre era morta e mio padre inesistente; il mio ex usciva con la mia migliore amica e temevo di essermi presa una cotta o, peggio, di provare qualcosa di più profondo, per uno sconosciuto con gli occhi verdi e mancava poco al mio compleanno, il primo senza la mia famiglia. No, non andava affatto bene, faceva tutto schifo. Sospirai ricacciando indietro le lacrime e annuii, ma non potevo fregarla. Mi accarezzò la guancia e piegai la testa chiudendo gli occhi su quel tocco gentile. Suonò il timer e lei si affrettò a togliere le lasagne dal forno.

«Pronte!». Sorrisi. «Mangia tutto, *niña*». Mi passò un piatto pieno di quella meraviglia. A ogni boccone il mio palato sembrava avere un orgasmo e i miei versi fecero capire a Rosa che era tutto ottimo. Rise. Disse che il mattino seguente sarebbe passata per dare una ripulita anche se, a suo parere, me l'ero cavata molto bene. Mi diede un bacio sulla fronte.

«*Buenas noches, princesa*». Mi chiamava così da quando una volta arrivai in aeroporto vestita da Belle, la mia principessa preferita, e fino a poco tempo fa era proprio così che mi sentivo, una principessa.

«Buonanotte, Rosa».

Il mattino seguente passò e anche se ero sveglia non mi alzai. Avevo passato l'ennesima nottata in bianco. In camera trovai del caffè pronto insieme alla ciambella al cioccolato fondente. Avevo invitato Joey a teatro e lei voleva per forza che la accompagnassi a comprare un bel vestito. Non avevo incontrato nemmeno una volta Landon, neppure in spiaggia, e non lo vidi neanche nei tre giorni successivi. Nascosi la testa sotto il cuscino.

"Perché diavolo me ne preoccupo?". Sentii il cellulare trillare e per qualche strana ragione mi affrettai a prenderlo dal comodino rischiando di far cadere la lampada rosa. "Non ha il tuo numero idiota! Datti una calmata!", pensai. Lessi il messaggio, era zia Tess.

Ti chiamo appena finisco di sistemare queste carte che finiranno per sovrastarmi! Buon compleanno, bambina! Baci e abbracci.

Eh già, da quel momento avevo ufficialmente vent'anni.

IO: *Grazie zia, non lavorare troppo! Baci e abbracci.*

Sospirai e feci per alzarmi, altro trillo.

JOEY: *Buon compleanno amica!! Non vedo l'ora di vederti e andare a teatro con te!! Però adesso vado in giro con una più grande di me, sembrerò più sfigata, no? Baci.*

Era più piccola di me di due mesi.

IO: *Oh no, io sembrerò una perfetta sfigata, stammi alla larga! Grazie J.*

Altro trillo, lessi.

JOEY: *Antipatica.*
Risi.
IO: *Ti voglio bene.*
JOEY: *Anch'io.*

Rispose e io scossi la testa. Mi alzai e scesi di sotto, mi stiracchiai allungando le braccia e mi avvicinai al bancone sospirando. Presi una tazza di caffè e mi guardai intorno, non c'era nessuno. Il giorno del mio compleanno ero completamente sola e per me questa era un'assoluta novità. Di solito ogni mio compleanno veniva festeggiato alla grande. In particolar modo quando compii sedici anni. Vennero tutti, compresa Rosa. Ci trovavamo nella sala di un castello e io indossavo un abito pazzesco. C'era un sacco di gente, cibo a volontà, musica, persino i fuochi d'artificio, ma soprattutto c'erano i miei genitori, c'era la mamma, e io ero felice, mentre adesso, guardando quella cucina vuota, senza i miei amici lontani, che non si erano più fatti sentire dopo che ero andata via, senza la donna più importante della mia vita, non so, non sembrava per niente il mio compleanno. Non scesi in spiaggia quel giorno, passai la giornata a oziare, poi feci la doccia e mi sistemai i capelli creando delle belle onde con l'arricciacapelli e mi diressi verso l'armadio. Non sapevo proprio cosa indossare. Lo spettacolo iniziava alle otto e mezza di sera ed erano già le sette, quindi dovevo sbrigarmi. Avevo un sacco di vestiti, ma per lo più invernali; pochi erano adatti al clima di quel posto. Decisi che sarei andata presto a fare shopping. Li passai tutti in rassegna e poi ne scelsi uno rosso monospalla interamente in pizzo. La manica mi arrivava appena sotto il gomito, mentre il vestito era lungo fino a metà coscia. Scelsi le scarpe con un bel tacco a spillo e plateau per recuperare almeno dieci centimetri di altezza, nere con cinturino rosso sulla caviglia che s'intonava al vestito. Presi la piccola pochette rossa a fantasia nera dove infilai i biglietti, un documento, un po' di soldi, le chiavi e il telefono. Misi eyeliner, mascara, fard, matita sulle labbra per delinearle e rossetto rosso opaco, dei piccoli brillantini alle orecchie e il punto luce al collo che mi regalò mia madre. Ero ufficialmente pronta. Scesi di sotto e suonarono al campanello. Era Joey. Bellissima. I capelli legati in uno chignon con qualche ciocca libera. Il vestitino nuovo, nero, a giromanica, stretto sotto il seno per poi cadere leggero appena sopra le ginocchia, le stava d'incanto. Aveva pochette e scarpe panna, orecchini di perle dello stesso colore e una piccola perla al collo. Non era molto truccata: un po' di ombretto, mascara e lucidalabbra panna. Mi abbracciò e intonò la canzone di buon compleanno.

«Grazie», le dissi.

«Avanti, muoviti, è tardi».

Girammo intorno alla casa e prendemmo la sua macchina, una bella Mercedes. Sgranai gli occhi e la guardai, lei si limitò ad alzare le spalle. Andammo a teatro, lasciammo la macchina a un parcheggiatore lì fuori e facemmo la fila. Una volta dentro prendemmo posto in una fila che stava più o meno al centro del teatro. Le poltroncine rosse di velluto erano molto comode. Il sipario, dello stesso colore, era ancora chiuso. Joey parlava come una macchinetta, ma non le prestavo molta attenzione. Di tanto in tanto sentivo nominare James.

«È un regalo di mia madre», le dissi guardando dritto davanti a me.

«Oh, Haley...». Non riuscì a finire la frase che si aprì il sipario e partì la musica, così fui salvata in corner direi. Amavo la storia tra Odette, la regina dei cigni, e il principe Siegfried, anche se si conclude con la morte di entrambi. L'amore di lui per lei, il giuramento di fedeltà che le fa, il tradimento quando lui al ballo scambia Odile, figlia del mago, per Odette, dichiarando il suo amore alla donna sbagliata. Il ballo termina con lui che cerca lei al lago, dove però lei, troppo ferita dal tradimento, muore di crepacuore mentre lui la supplica di perdonarlo. Dal lago si alza un'onda che sovrasta entrambi e anche il principe muore. La musica, infine, diventa una marcia trionfale dell'amore sulla morte, poi silenzio, si sentono solo l'arpa e i violini che chiudono questa tragedia amorosa. Battemmo forte le mani. Joey, al mio fianco, era incantata e aveva il mascara un po' sbavato. Uscimmo dalla sala e andammo alla toilette del teatro, così lei si diede una sistemata al trucco.

«Wow», mi disse mentre si metteva il mascara. «Ma è bellissimo, non l'avevo mai visto prima».

Mi poggiai al muro. «Già è molto bello, il mio ballo preferito».

Non la stavo guardando, ma mi accorsi che si era fermata. «Andavi spesso con tua madre a teatro?».

Annuii. «Ogni anno, quando veniva in città la compagnia di ballo che più apprezzavamo. *Il lago dei cigni* era una cosa nostra. Andavamo a teatro anche per vedere dei musical e altri spettacoli, ma questo balletto era speciale». Si avvicinò e mi abbracciò forte.

«Allora grazie per averlo condiviso con me». Sapevo che era sincera, perché lei diceva esattamente ciò che pensava. Non era come tutta quella gente che dopo la morte di mia madre mi aveva detto «mi dispiace» solo per pura formalità. Squillò il telefono. Era zia Tess.

«Ciao zia».

Ma lei non mi ascoltava, era troppo impegnata a cantare. «Tanti auguri a te, tanti auguri a te, tanti auguri a Haley, tanti auguri a teeeee!». La sentii applaudire, cosa che fece anche Joey.

«Grazie, grazie!».

«Com'è stato lo spettacolo?»

«Davvero bello, ma Joey piange», dissi ridendo e mi arrivò un colpetto sulla spalla.

«Vorrei essere lì». La sentii triste.

«Non essere triste, ci vediamo presto. Adesso andiamo a mangiare qualcosa e poi speriamo che qualche bravo barista ci lasci bere un paio di drink».

Rise. «Va bene, ma non voglio venire a prenderti in galera, quindi non farti beccare».

Chiusi la telefonata e nel frattempo uscimmo. Avevo lasciato il soprabito a casa e fuori l'aria era un po' frizzante.

«Vuoi che torniamo a casa a prenderlo?», mi chiese Joey mentre salivamo a bordo della Mercedes.

«No, ho solo bisogno di qualche drink». Sorrise e socchiusi gli occhi.

«Cosa c'è?». La vidi allungarsi e aprire il cassetto del cruscotto, dopodiché prese un pacchettino bianco e me lo mise in grembo, ancora ridendo.

«Un regalo? Joey non dovevi». Si morse il labbro e io increspai la fronte.

«Direi che il regalo è più per noi».

Lo aprii un po' titubante e tirai fuori alcuni fogli che sembravano documenti.

«Oh. Mio. Dio», esclamai. Mi girai a guardarla a bocca aperta mentre il suo sorriso si allargava. Abbassai lo sguardo su quelli che erano dei veri e propri documenti falsi. Lessi il mio nome. "Isabella Swan". La guardai.

«Stai scherzando?».

Rise. «Lo dici perché ho fatto fare dei documenti falsi o per il nome?».

Non smetteva di ridere, così le diedi dei colpetti con i documenti.

«Per entrambe le cose, ma grazie». Joey smise di ridere e mi abbracciò, poi la guardai e capii anche chi l'aveva aiutata. Ora ero io quella che si mordeva il labbro.

«Dimmi che non c'entra James». Alzai appena lo sguardo e feci per parlare, ma lei mi bloccò scuotendo la testa.

«Non lo voglio sapere».

«Scusa?», domandai, non capendo a cosa si riferisse. Lei accese il motore e partì.

«Credi che non abbia notato come t'irrigidisci ogni volta che parlo di lui? Cambi discorso e non mi guardi. Ti conosco da alcuni mesi, Haley, non saprò tutto di te ma ho imparato a riconoscere alcuni atteggiamenti che hai quando non vuoi parlare di qualcosa, o quando ti perdi nei tuoi pensieri o se ci rimani male, oppure se qualcosa ti turba. E a te turba il fatto che io stia con James e non voglio sapere il perché, né cosa ci sia stato fra di voi. Voglio vivermela così come viene, ci stiamo solo frequentando». Guardai dritto davanti a me, per niente contenta.

«Se è quello che vuoi».

Lei non rispose e parcheggiò vicino a un locale pieno di gente dove per entrare occorreva fare una coda pazzesca.

«Adesso andiamo a festeggiare, Isabella».

5

«Non entreremo mai lì dentro. Guarda che fila».

Joey sogghignò. «Andiamo».

La seguii e, invece di metterci in fila, andammo dietro il locale dove qualcuno fumava, qualche coppietta si sbaciucchiava e qualcun altro vomitava. Lei si diresse verso la porta sul retro dove c'era un buttafuori piuttosto grosso. Joey si avvicinò, lo abbracciò e il tizio le aprì la porta. Mi avvicinai confusa e scossi la testa per chiederle spiegazioni. Lei sorrise.

«È una lunga storia». Non ero l'unica ad avere dei segreti.

Entrammo e ci ritrovammo nel corridoio stretto e logoro del bagno: il pavimento era bagnato e lungo il muro c'era chi si dava da fare con qualche ragazzo e chi se ne stava seduto a terra, cercando di riprendersi. Insomma, non era esattamente un bello spettacolo. Piuttosto schifata, tentai di aggirarli ed entrammo nella sala. Sulla pista ballavano tantissime persone, incollate l'una all'altra, madide di sudore. Feci una smorfia, era disgustoso. Joey mi teneva per mano mentre mi guidava verso un piccolo tavolino con qualche sedia. Si avvicinò al mio orecchio e gridò per sovrastare il casino.

«Questo è il nostro tavolo, l'ho prenotato, ora dobbiamo solo mostrare il documento per avere da bere».

«Ma non abbiamo mangiato», le dissi con lo stomaco che brontolava. Lei mi sorrise e capii che aveva qualcosa in mente e qualsiasi cosa fosse non c'entrava proprio per niente con il cibo.

«Tesoro, siamo qui per bere e festeggiare, non per mangiare». Ecco. Come non detto.

«Finirò per ubriacarmi dopo il primo drink, non mangio da stamattina». Mi portai una mano sullo stomaco e lei rise.

«Perfetto, vuoi ballare?».

Guardai di nuovo tutta quella gente appiccicata e sudaticcia. «Ho bisogno di ubriacarmi prima di gettarmi nella mischia». Scoppiammo a ridere e andammo al bancone.

Una ragazza con i capelli corti da un lato e rasati dall'altro si avvicinò a noi. Sembrava una tipa tosta con il corpo tutto tatuato, un top con una profonda scollatura e l'ombelico, ornato da un piercing, in bella mostra. Si allungò sul bancone per abbracciare Joey e non riuscii a nascondere la mia espressione di sorpresa. Le disse qualcosa all'orecchio che io non capii a causa della musica e delle urla dei ragazzi, ma vidi la barista guardarmi, annuire e sorridere. Prese due bicchierini, quindi mi preparai per un cicchettino, ma poi mi resi conto che entrambi erano per me e ne diede altri due anche a Joey; ne riempì uno con il rhum e l'altro con la pera. Ero famosa per non essere neanche lontanamente in grado di reggere l'alcol, però mi preparai a festeggiare.

«Buon compleanno», mi disse la barista sorridendo. «Offerti dalla casa», disse puntando i cicchetti.

«Grazie», risposi ricambiando il sorriso. Mi voltai verso Joey alzando il bicchiere.

«Buon compleanno», urlammo all'unisono e mandammo giù tutto. Aspettammo circa cinque secondi e giù anche la pera. L'effetto era ottimo anche se la gola mi bruciava un po'. Dopo un paio di cicchetti avevo la vista annebbiata. Joey, che sembrava ancora perfettamente sobria, mi guidò in mezzo alla folla e iniziammo a ballare sulle note di non so quale canzone. Mi lasciai andare, braccia in alto, testa indietro, muovendo i fianchi a ritmo di musica. Di tanto in tanto si avvicinava qualche ragazzo con cui improvvisavo dei passi. Non so quanto ballammo, ma a un certo punto Joey mi trascinò via e fece segno alla barista non appena ci sedemmo al tavolino.

«Stai bene?», mi chiese mentre poggiavo la testa all'indietro, contro il muro. Alzai il pollice per confermare e lei rise. Poco dopo vidi qualcuno poggiare un piccolo vassoio sul tavolino con diversi cicchetti. Sentii Joey squittire e poi vidi perché era così eccitata. I suoi occhi erano puntati su di me e in faccia aveva stampato un bel sorriso che conoscevo bene.

«James».

James si scostò da Joey per avvicinarsi a me, allungò

una mano invitandomi a prenderla ma io mi alzai da sola. Ero in grado di farlo e non amavo l'idea di essere toccata dal mio ex ragazzo. Lui però, una volta che fui in piedi, mi cinse in un abbraccio fin troppo stretto per come la vedevo io. Affondò una mano nei miei capelli e il suo viso contro il mio, poi mi sussurrò.

«Mi sei mancata, Hales». Scostai il viso e cercai di sciogliere l'abbraccio.

«A me no», gli urlai. Sorrise e scosse la testa.

«Tanti auguri», mi disse e io lo liquidai con un gesto della mano.

Tornai a sedermi e mi concentrai su Joey che nel frattempo mise venti dollari sotto ciascun cicchetto, dieci cicchetti in tutto. La guardai e lei sorrise e poi guardò James che ricambiò il sorriso e poi mi guardò.

«È pessima con l'alcol, non lo regge», le disse posandole un braccio intorno alle spalle. Non mi conosceva affatto e non aveva diritto di parlare di me. Guardai il primo cicchetto.

«Sono un totale di duecento dollari, venti per ogni cicchetto. Dovevano essere venti, come gli anni che compi, ma finiresti in coma. Vediamo quanto guadagni questa sera», spiegò Joey che, dopo aver tracannato un paio di cicchetti in più, era un po' su di giri anche lei. Annuii e presi il primo. Giù. La gola mi bruciava e sentii un formicolio sulle labbra. La guardai e lei sorrise.

«Whisky, *baby*!». Urlò allegra e io tossii appena, presi i venti dollari e presi anche l'altro bicchiere, inspirai forte e giù anche il secondo. Al quinto cicchetto non mi sentivo un granché bene, o almeno pensavo fosse il quinto. Meno male che avevo perso la sensibilità alle labbra e almeno l'alcol scendeva senza darmi più fastidio. Anche Joey beveva, ma dal suo bicchiere dedussi che si trattava di un cocktail. Poi vidi due ragazzi avvicinarsi al tavolo. Uno con i capelli rasati, un cappello e un po' di barba, e l'altro dagli occhi inconfondibili, puntati proprio su di me. Landon e Tom si erano avvicinati e parlavano con Joey e James. Landon parlava con loro ma fissava me. I suoi occhi sembravano ardere, la mascella era contratta, sembrava arrabbiato.

«Non ti pare che sia troppo? Non ha un bell'aspetto», gli sentii dire. La mia amica rise.

«Se la caverà», rispose James. Quella voce mi dava fastidio, non volevo sentirla e non volevo vederlo, quindi avvicinai la mano all'altro bicchierino. Appena lo presi mi resi conto di avere una mano poggiata sulla mia e alzai lo sguardo, perplessa. Landon aveva la mano sulla mia e tante piccole scosse mi percorsero tutto il corpo.

«No», mi disse. Corrugò appena la fronte assumendo quasi un'espressione implorante. Stavo per dire qualcosa, non seppi bene cosa perché subito dopo mi alzai e corsi verso il bagno, sentii qualcuno chiamarmi e imprecare ma io continuai, non guardai se ci fosse qualcuno perché mi catapultai dentro il primo water e vomitai un po' di quella roba che mi inebriava la mente. Poco dopo qualcuno mi cinse le spalle e mi resse la fronte. Cercai di scacciarlo, perché sapevo bene chi fosse: persino da ubriaca quella presa mi faceva un effetto incredibile.

«Landon, vattene!». Cercai di dirlo il più arrabbiata possibile, anche se più che altro sbiascicavo.

Lui prese un po' di carta e me la passò; mi pulii la bocca, cercai di alzarmi ma le gambe cedettero e lui mi afferrò in un attimo. Mi ritrovai fra le sue braccia ancora una volta. Poco dopo stavo su una macchina, una jeep direi, dato che era molto alta, sentii lo sportello sbattere e mi lamentai del forte rumore, poi un altro sportello sbattere, mi portai una mano alla testa.

«Stai bene?».

Guardai Landon, o forse erano due? Ok, ero completamente fuori. Scossi la testa. Lui mi prese dal polso e abbassò la mia mano, poi si sporse un po' e il suo collo era a un passo dalla mia bocca, inalai il suo profumo e me ne riempii i polmoni, ma poi mi girò la testa, non so se per lui o per via dell'alcol. Sapeva di buono, di fresco, di muschio e montagna, doveva essere proprio un buon bagnoschiuma. Mi allacciò la cintura e partì. Quando aprii gli occhi ero stesa su qualcosa di freddo, ma la mia testa era comoda, avevo una coperta addosso. Ero su un pavimento, su delle mattonelle azzurre, misi la mano su quello che credevo un cuscino.

«Mmm».

Non ero stata io a parlare, ed evidentemente nemmeno i cuscini. Mi irrigidii e alzai lo sguardo. Landon era poggiato con la schiena su un cuscino, fra il water e la vasca, e io stavo con la testa sulle sue gambe. Mi misi seduta e mi portai una mano alla testa che mi scoppiava. Era un piccolo bagno, le mattonelle azzurre per terra coprivano anche gran parte della parete mentre la parte alta del muro era stata verniciata di blu. Non avevo più le scarpe e cercai di alzarmi per andarmi a guardare allo specchio sopra il lavandino. Immaginai che quello fosse il bagno di casa sua. Mi alzai con la testa che pulsava, poggiai le mani sul lavandino e mi guardai. I capelli erano spettinati e bagnati sulla fronte, il trucco si era disintegrato; intorno agli occhi il mascara era sbavato, il viso rigato di nero. Forse vomitando avevo pianto, sembravo un cadavere, avevo proprio esagerato. Il bagno era piuttosto pulito. Accanto allo specchio c'era un armadietto di legno dove probabilmente lui teneva le sue cose, e sotto questo c'era una cassettiera abbinata all'armadietto.

«Ciao». Una voce roca e bassa mi fece sussultare, mi voltai e vidi Landon che mi guardava.

Si alzò piano. Era senza maglietta e i jeans sbottonati gli cadevano lungo i fianchi mostrando l'elastico nero delle mutande. Si stiracchiò e io mi sentii pizzicare in mezzo alle gambe. Quant'era bello e sexy con i capelli arruffati davanti agli occhi. Ci passò una mano arruffandoli ancora di più e quello che sentivo diventò più intenso, si avvicinò e mi accarezzò la guancia. Uscì senza dire una parola e anch'io rimasi in silenzio, ferma dov'ero, con le gambe che mi tremavano e il cuore che batteva all'impazzata.

«Tieni, fai una doccia e metti questi». Mi voltai.

Landon aveva in mano una maglietta ben piegata e dei boxer. Alzai un sopracciglio.

«Devo mettermi i tuoi boxer?». Rise.

«Allora hai ancora la lingua». Alzai gli occhi al cielo e lui si avvicinò.

«Nuovi, mai usati, con ancora l'etichetta attaccata». Mi mostrò l'etichetta. «Preferirei che tu non uscissi con il vestito conciato così». Mi guardai. Il mio vestito era macchiato e qualcosa mi diceva che era stata colpa mia. Mi diede degli asciugamani puliti.

«Ti sgriderò più tardi, ora datti una rinfrescata». Così dicendo uscì dal bagno e io mi infilai in doccia.

Dopo la doccia mi sentivo rinata o quasi, considerato il forte mal di testa e lo stomaco sottosopra. Indossai la maglia grigia che mi aveva dato e notai che al centro c'era Spiderman. Risi e misi anche i boxer neri. La maglia mi arrivava a metà coscia. Mi sentivo bene con quella maglietta addosso o forse mi sentivo così perché indossavo la *sua* maglietta. Ero un caso disperato. Avevo promesso a me stessa che nessuno sarebbe arrivato al mio cuore, eppure stavo facendo un vero macello. Aprii la porta del bagno per raggiungerlo, scalza. Mi ritrovai davanti al soggiorno in stile moderno e in perfetto stile mascolino. Mobili lucidi, bianconeri. Sul mobile basso e lungo c'era un enorme televisore e, accanto a questo, l'Xbox, la PlayStation, alcuni cubi pieni di giochi, un divano ad angolo bianco di pelle e una poltroncina. Un grande tappeto, di quelli incredibilmente soffici, nero. Una finestra da cui intravedevo un giardino, un cancello e la strada. Molte case erano così lì: si affacciavano da un lato sulla strada e dall'altro sulla spiaggia. Immaginai fosse del mio stesso quartiere visto che casa di zia era fatta allo stesso modo, anche se noi dietro casa avevamo solo il garage mentre il cancelletto e il piccolo giardino erano sul davanti. Tornando al salotto di casa sua, era piccolo e accogliente, come piaceva a me, c'erano anche delle scale a chiocciola e la porta d'entrata.

«Con quella maglietta sei divina». Sobbalzai e mi girai verso la voce.

Era poggiato sullo stipite della porta di quella che probabilmente era la cucina. Si era cambiato. Ora indossava un paio di pantaloni della tuta e gli infradito, ovviamente niente maglia. Lo guardai meglio. Prima non avevo notato quella grossa garza bianca che gli copriva gran parte del lato destro, da sotto l'ascella fino al fianco. Mi portai le mani alla bocca, era ferito, forse per questo non lo vedevo da un po'. Il cuore iniziò a martellarmi nelle orecchie e non riuscivo più a respirare. Mi stupii di quanto quel ragazzo riuscisse a farmi spaventare. Se fosse stato un altro gli avrei solo chiesto cosa fosse successo mentre con lui era diverso. Sapere che si era fatto male e che io non fossi con lui mi faceva perdere la testa. Lui sembrò aver capito o forse era solo spaventato nel vedermi bianca come un lenzuolo perché si affrettò a raggiungermi e mi tolse le mani con cui mi coprivo la bocca.

«Haley, stai bene? Cosa c'è?». Battei gli occhi perplessa, non aveva capito, temeva che fossi io quella a non stare bene.

«Io sto bene. Sei tu quello ferito». Feci un cenno con la testa verso il suo petto.

«Cos'è successo?». C'era una nota di panico nella mia voce e cercai di farla tornare normale. Lo vidi sorridere, quasi compiaciuto.

«Sto bene, anche se mi piace vederti sconvolta per me, perché pensi che io sia ferito. Purtroppo è solo un tatuaggio, quindi, temo di dover fare a meno delle tue cure, infermiera. Non ci ho messo il cellophane perché è un punto particolare».

Lo guardai torvo, stava benissimo e si stava proprio divertendo a vedermi preoccupata. Mi innervosii e mi divincolai dalla sua presa.

«Voglio tornare a casa».

«E dài, ti sei arrabbiata?».

Scossi la testa. «No».

Ok, non era esattamente un no convincente e ovviamente non ero arrabbiata perché non era ferito, ma perché era arrogante e sembrava proprio essere contento di avermi vista preoccupata per lui.

«Vieni, ti offro un bel bicchiere di caffè e qualcosa per il mal di testa».

Non mi ascoltava mai. Si girò con un ghigno che mi fece innervosire ancora di più e si avviò verso la cucina. Non volevo andarci, ma il mio mal di testa era troppo forte quindi lo seguii. Anche la cucina era piccola, comoda e accogliente nonostante lo stile moderno. Anche quella bianconera. C'era un'isoletta con tre sgabelli come quelli dei bar e presi posto lì. Una porta scorrevole di vetro dava su un giardino. Prese due tazze, me ne porse una con il caffè e mi avvicinò una crostatina. Feci una smorfia, proprio non mi andava di mangiare.

«Devi», disse leggendomi nel pensiero. Ora dava gli ordini, mi faceva così innervosire.

«Prepotente», mormorai, e lui mi guardò sbattendo gli occhi che quella mattina erano tornati del verde che conoscevo io. Mi sorrise.

«Devi prendere qualcosa per il mal di testa, quindi è il caso di mettere qualcosa nello stomaco».

Si piegò sul bancone, sporgendosi verso di me, la sua faccia vicinissima alla mia, l'angolo della bocca alzato che creava quella splendida fossetta e io sentii improvvisamente caldo, molto caldo. Incrociai le gambe perché in quel momento la mia testa era scollegata dal resto del corpo in fiamme. Avrei voluto quelle labbra più di qualsiasi altra cosa al mondo e volevo quegli occhi su di me, in continuazione, e le sue mani che sfioravano le mie mentre tenevo stretta la tazza, troppo stretta, ecco, volevo quelle mani su tutta la mia pelle. Mi sentivo ardere e lui sembrava l'unico antidoto.

«E poi ti assicuro che avresti un orgasmo pazzesco». Quasi mi strozzai con la mia stessa saliva.

Mi battei la mano sul petto. Landon mi guardava perplesso. Sapeva leggermi la mente?

«Cos'hai detto?», gli chiesi con la voce un po' roca.

Aggrottò le sopracciglia. «Della crostatina, che è

ottima e che l'ho fatta con le mie mani... aspetta, non mi stavi ascoltando?». Diventai rossa, parlava della crostatina e del mio palato che avrebbe avuto un orgasmo solo mangiandola. Oddio, ora era tutto chiaro e io avevo fatto una pessima figura.

«Scusa», dissi.

Fece il giro del bancone obbligandomi a girarmi verso di lui. Di nuovo così vicino, di nuovo il corpo in fiamme. Mi accarezzò la guancia con un dito, un tocco così delicato, ma il mio corpo fu attraversato da brividi. Si chinò, mi guardò negli occhi e mi sembrò di vederli brillare.

«A cosa pensavi, Scheggia?». Schiusi le labbra come per dire qualcosa ma non uscì niente.

«Eri splendida ieri sera», sussurrò. «Volevo prendere a pugni tutti là dentro, volevo dirgli di non guardarti, volevo essere l'unico a poterlo fare, l'unico a poterti toccare così».

Avevo chiuso gli occhi, ma alle sue parole li riaprii immediatamente. Si soffermarono sulle sue labbra, schiuse e bellissime. Volevo conoscerne il sapore, sentirne la morbidezza. Mi accorsi che mi aveva messo una mano sulla nuca e per un momento non riuscii a respirare, non mi ricordavo nemmeno come si faceva, mi girava la testa, e non dipendeva certo dal dopo-sbronza. Sapevo che era colpa di Landon Carter e sapevo anche che non potevo salvarmi da lui, non c'era via di scampo. Si avvicinò e io non lo fermai, in parte volevo, il mio istinto diceva di non cedere, di scappare finché potevo, ma tutto il resto mi diceva che quegli occhi mi avevano rapita molto tempo prima. Sentivo il suo respiro caldo sul mio viso, ardeva anche lui e mi desiderava, lo sentivo contro il mio ginocchio, il cuore mi batteva all'impazzata. Chiusi gli occhi per lasciarmi andare, per accogliere le sue labbra. *Driin. Driin.*

6

Aprii gli occhi di scatto e lui fece lo stesso, entrambi avevamo il respiro affannoso e io temevo che il cuore esplodesse. Continuavano a suonare alla porta, così Landon si scostò e, imprecando, andò ad aprirla. Entrò una bionda tutte curve con un bikini minuscolo. Alzò gli occhiali da sole che le coprivano mezza faccia. Vidi i suoi occhi scuri diventare fessure mentre mi scrutava. Immaginai che fosse Shaila. Tornò a guardare Landon.

«Tesoro, ieri sera sei sparito, ero in pensiero». Fece un sorriso malizioso e ne dedussi che non era preoccupata per lui, ma che piuttosto aveva voglia di fare sesso mattutino.

Io mi alzai di scatto. Detestavo avere addosso la sua maglia e mi diressi in bagno a prendere le scarpe. Li sentii parlare.

«Lei chi è?», gli chiese.

«Non sono affari tuoi», rispose lui in tono asciutto, quasi infastidito.

Era insensato indossare le scarpe col tacco insieme alla maglia di Spiderman, quindi le tenni in mano, presi il mio vestito e la pochette, anch'essa in bagno.

«Dài, perché non la saluti e scendi in spiaggia con me? Fra un po'». Ecco, di nuovo la sua voce da..., be', lasciamo stare.

«Solo perché c'hai passato la notte insieme non devi mica prepararle la colazione, sento odore di caffè». Alzai gli occhi al cielo, era una tale stupida.

«Non ci sono andato a letto insieme e poi lo stavo preparando anche per me».

Quelle parole mi colpirono in faccia come uno schiaffo. Non so dire bene il perché, ma detta così sembrava tutto meno importante di quello che pensassi. Forse avevo capito male io, tutto quanto. Aveva solo aiutato una povera ubriaca, era stato solo gentile e mi aveva offerto un caffè mentre lo preparava per sé stesso. Allora perché non si era limitato a caricarmi su un taxi? Perché aveva passato la notte al mio fianco sul pavimento freddo del bagno? Perché si era preoccupato per me quella mattina? Cosa stava succedendo in cucina? La testa mi pulsava e avevo un groppo in gola. Mi sentivo pizzicare gli occhi, ero una tale stupida. Mi affrettai a uscire dal bagno e mi diressi verso la porta d'entrata in sala, dove loro stavano in piedi. Puntai dritto verso la porta senza guardarli quando sentii una presa al gomito, stretta e forte.

«Dove stai andando?». Mi sentivo i suoi occhi addosso, ma io non sarei riuscita a guardarlo senza scoppiare a piangere.

«A casa». La voce mi tremò un po' e cercai di schiarirla.

«Aspetta, ti accompagno, non abbiamo finito», mi disse.

La sua voce era forte, chiara, e per poco non gli ubbidii, però appena lui allentò la presa io mi liberai e uscii di corsa. Lo sentii chiamarmi e imprecare, attraversai la passerella e mi ritrovai con i piedi sulla sabbia e corsi, corsi non sapendo dove mi trovassi, né dove andare per tornare a casa; corsi e basta, mentre sentivo le guance bagnarsi e la vista era annebbiata dalle lacrime. Quando mi calmai un po' riuscii a orientarmi e mi resi conto che casa di mia zia non era poi tanto lontana, così continuai a camminare finché non fui davanti alla pedana per salire a casa. Entrai sbattendo la porta.

«Haley, sei tu?». Sentii la voce di mia zia arrivare dal piano di sopra e io mi asciugai svelta gli occhi e subito dopo mi ritrovai dentro un caldo abbraccio. La strinsi forte e mi scappò qualche lacrima. Lei si spostò appena e mi asciugò gli occhi.

«Stai bene? Dov'eri?», mi squadrò. «E questa maglietta di chi è?». L'avvocato che era in lei usciva sempre fuori.

«Piango perché sono contenta di rivederti. Sembro sconvolta perché questa notte ho esagerato con Joey, parecchio direi». Mi toccai la testa e lei si mise a ridere.

«Non posso proprio lasciarti sola. Le ultime volte dovevo preoccuparmi solo che mangiassi, ma ora sei una ventenne e i problemi aumentano». Mi passò un bicchiere d'acqua e una pillola, mentre mi sedevo sul divano alzando gli occhi al cielo.

«Era il mio compleanno, ma tu non dovevi tornare martedì?». Si sedette accanto a me.

«Ci hanno detto che l'udienza è stata spostata di nuovo, quindi lunedì niente tribunale, allora ho deciso di venire a vedere come te la cavavi». Nascondeva qualcosa.

«E...?».

Mi prese la mano, doveva esserci qualcosa di grosso in ballo.

«Ho un'opportunità di lavoro, Haley, di cui vorrei parlarti. Siamo io e te ora, quindi le decisioni le prendiamo insieme».

La guardai e capii che qualsiasi cosa fosse non mi sarebbe piaciuto per niente.

«Ho un'amica in Inghilterra che lavora per gente veramente importante, diciamo per conto della famiglia *reale*, e hanno un posto vacante. Si tratterebbe si alcuni mesi, potremmo andare lì per un po'. Cosa ne pensi?».

Ecco, esattamente, questa proposta non mi piaceva affatto e non volevo andare via da lì. Avevo un'amica, stavo conoscendo delle persone, mi piaceva stare al sole, sulla spiaggia, e avevo delle nuove abitudini. Tutte cazzate. Volevo rimanere per Landon, nonostante non ci potesse essere niente, nonostante tutto, avevo bisogno di vederlo, di sapere che era nei paraggi.

«Non posso», sussurrai.

«Perché?»

«Puoi andare tu, zia, non devi preoccuparti per me, davvero». Mi guardò inarcando le sopracciglia.

«Tesoro, sei tornata a casa reduce dal dopo-sbronza e con la maglia di un ragazzo addosso». Alzai gli occhi al cielo.

«Era il mio compleanno e poi non ho fatto niente con quel ragazzo. Si è solo preso cura di me e mi ha dato la sua maglia perché il mio vestito è in condizioni pessime».

«Sarà un po' come se stessi andando ancora al college», continuai esasperata e la guardai. Aveva un bagliore negli occhi, ero nei guai. Conoscevo quello sguardo.

«Patteggiamo allora». Ecco, come non detto.

«Spara».

«Io ti lascio qui, Rosa si preoccuperà della casa e tutto il resto, ma tu, mia cara, riprendi gli studi, qui, al Santa Monica College». Alzai le braccia.

«Sul serio, zia? Io non...». Scosse la testa.

«Stiamo patteggiando». La guardai torva.

«No avvocato, questo è un ricatto vero e proprio». Lei sorrise e alzò le spalle.

«Allora?». Mi coprii la faccia con le mani. Altro che mal di testa. In quel momento avevo proprio una forte emicrania accompagnata da un senso di nausea. «Non permetterò che abbandoni gli studi. Tua madre tornerebbe apposta per uccidermi».

«Allora quasi quasi rifiuto la tua offerta».

La voce mi si spezzò e lei mi passò un braccio intorno alle spalle e mi avvicinò a lei. Avrei fatto qualsiasi cosa per rivederla, per sentirla mentre mi sgridava, per una sua carezza.

«Manca anche a me», sussurrò e la sentii tirare su con il naso.

«Zia?»

«Sì?». Inspirai forte.

«Accetto», dissi buttando fuori l'aria. La sentii ridere appena.

«Dev'essere speciale». Alzai lo sguardo cercando d'ignorare quell'emicrania e lo stomaco che continuava a fare i capricci.

«Chi?»

«Il ragazzo per cui hai deciso di rimanere e visto che per lui riprendi gli studi già lo adoro, perché, tesoro, ci sono voluti mesi per farti piacere questo posto, per farti uscire, per farti sorridere e scapperesti a gambe levate da questo caldo, dai costumi da bagno e dagli shorts pur di riavere la pioggia, la neve e tutto il resto».

«Non è vero», mormorai, ma era la verità, quella che mi tenevo dentro e che mia zia aveva esternato così bene.

«Ne vale la pena?». Non riuscii a rispondere perché mi precipitai in bagno a vomitare.

«Buon compleanno, tesoro», la sentii gridare dall'altra stanza.

Passai il resto della mattinata a vomitare e chiusi le tende nella mia stanza per stare al buio. Mi buttai sul letto e mi raggomitolai, con ancora addosso i vestiti di Landon. Non c'era medicina che avrebbe aiutato la mia emicrania. Mi strinsi nella sua maglietta e inspirai forte. Il profumo di muschio mi invase, forse era quella la mia medicina. Cercai di dormire ma non ci riuscii visto che nella testa si affollavano diversi pensieri, tutti incentrati su Landon. Chi era per lui quella Shaila? Cosa rappresentavo io? Ero solo una semplice damigella in pericolo? Immaginai di sì, avevo già risposto a quelle domande quando ero da lui, ma speravo davvero di sbagliarmi. Sentii suonare alla porta e pensai fosse Joey, resuscitata dalla sera precedente, poiché ancora non aveva dato segni di vita. Poco dopo sentii bussare alla porta della mia stanza.

«Tesoro, c'è qualcuno per te!». Grugnii.

«Ho l'emicrania, zia. Non sopporto la luce».

Aprì appena la porta. «Gli dico di salire?»

«Gli?», chiesi. Il cuore iniziò a battere forte.

«È un ragazzo». Mi misi seduta, ma il senso di nausea aveva ancora il sopravvento.

«No, non sto bene, non voglio vederlo». Lei annuì e chiuse la porta uscendo. Li sentii parlare, ma con quella testa che mi martellava non riuscii a capire cosa si dicessero. Qualche minuto più tardi il mio telefono trillò. Lo presi pensando che fosse Joey.

SCONOSCIUTO: *Vorrei parlarti, appena stai meglio, L.*

Non conoscevo quel numero. Zia Tess salì di nuovo, si fermò davanti alla mia porta e mi disse un po' titubante: «Gli ho dato il tuo numero, sembrava così preoccupato per te, non potevo non aiutarlo». L'ultima parte la disse con un tono melodrammatico.

«Grazie mille, zia Tess», risposi sarcastica tirando uno dei cuscini contro la porta. La sentii sghignazzare e allontanarsi.

IO: *Di cosa?*

Rispose subito.

LAN: *Lo sai. Ti scrivo più tardi. Riposati, Scheggia.*

Buttai il telefono ai piedi del letto. Mi coprii la testa con il cuscino e ben presto mi addormentai. Mi ritrovai di nuovo al lago. *La musica era alta, tutti ballavano e scherzavano, la birra scendeva a fiumi. Gironzolavo fra i vari gruppetti e scambiavo due chiacchiere un po' con tutti. Ridevo, scherzavo, ma dentro avevo il cuore a pezzi e cercai di evitare come la peste i due colpevoli, Jenny e James, che erano disgustosamente appiccicati. A un tratto mi ritrovai in auto con i miei, mia madre era preoccupata per me. Subito dopo sentii il forte rumore dell'impatto fra la macchina e il parapetto di legno del ponte che andava in frantumi e finimmo nel lago.* Non indossavo la cintura, e quando la macchina cadde giù di muso io colpii il sedile davanti a me, poi fui strattonata di lato, colpendo la portiera. Non ricordavo il dolore, ma il panico, la paura, quella sì. Ciò che il sogno rendeva reale era la sensazione di annegare, di non riuscire a respirare. *Avevo il petto in fiamme, un dolore troppo forte per poterlo descrivere. La mamma mimava qualcosa a mio padre che era riuscito a liberarsi. Lui scuoteva la testa, poi lei si voltò, mi guardò e mimò con le labbra un "ti voglio bene" privo di suono. Cercavo di aggrapparmi a lei con tutta me stessa. Ancora quel dolore al petto, ancora quel bruciore in gola e persi i sensi.* Mi svegliai urlando mentre qualcuno mi scuoteva forte. «Hales». Mi guardai in giro confusa. Non ero in auto, non stavo affogando, non c'era mia mamma. Mi trovavo sul mio letto e mia zia era al mio fianco. Sbattei forte gli occhi e li sentii bagnati, avevo il respiro affannoso, il petto mi faceva male e avevo le gambe molli. Mi misi seduta e zia Tess mi abbracciò forte accarezzandomi i capelli.

«Ti sentivo urlare mentre ero in doccia. Dio, Haley, mi hai spaventata a morte».

Non riuscii ad abbracciarla, non riuscii a muovere il mio corpo nemmeno di un centimetro. «Scusa», mormorai e lei mi strinse più forte.

«Non devi scusarti, bambina. Pensavo... che non avessi più gli incubi». Scostò la testa e mi guardò. Ero madida di sudore.

«Sarà stata colpa della nottataccia che ho avuto e dell'emicrania». Mi baciò la fronte sudata.

«Mi dispiace, tesoro mio, mi dispiace tanto». La strinsi, anche se era un abbraccio un po' fiacco.

«Sto bene». Si staccò da me e io, dando un'occhiata alle tende, mi accorsi che il sole ormai era tramontato.

«Ho dormito tantissimo», le dissi e lei annuì. «Tutto il giorno». La guardai. «Ho bisogno di camminare un po'». Dovevo uscire e prendere aria perché mi sentivo soffocare.

«Vengo con te».

«No, me la caverò da sola, ho bisogno di stare sola». Si alzò dal letto.

«Ti ha cercato Joey. Era a pezzi quasi quanto te, le ho detto che stavi poco bene». Ero lieta che fosse intera e sorrisi mentre mi alzavo anch'io dal letto.

«Posso sapere come diavolo avete fatto a bere, visto che non avete l'età?».

Agguantai un paio di shorts neri e una felpa che mi aveva regalato la zia tempo fa quando ancora dovevo scegliere il college e mi aveva portato a Yale per convincermi a seguire le sue orme. Presi anche la biancheria intima e mi diressi verso il bagno. Mi voltai per guardarla.

«Non credo che tu voglia saperlo veramente». Sorrisi e lei ricambiò.

«Forse hai ragione».

Uscì dalla stanza e io mi diedi una rinfrescata e mi cambiai. Ero rossa in viso e sudata, sembrava che avessi passato l'ultima ora a correre una maratona. Scesi di sotto, infilai gli infradito e andai in spiaggia. La leggera brezza mi accarezzava la pelle. Quando calava la notte in spiaggia l'aria era sempre fresca e mi piaceva, era l'unico momento in cui mi sembrava di essere a casa, a parte l'odore di iodio che mi riempiva il naso e il fruscio dell'acqua al posto di quello degli alberi. Mi sedetti in riva al mare e portai le ginocchia al petto. Il telefono trillò.

LAN: *Dove sei?*

Lo guardai tentata di rispondere e di dirgli di correre qui, ma ricacciai il telefono in tasca.

«È maleducato non rispondere ai messaggi».

Mi alzai di scatto, spaventata a morte. Mi misi una mano sul cuore che batteva all'impazzata.

«Mi hai spaventata», dissi.

Lui alzò l'angolo della bocca, ma non abbastanza

perché potessi ammirare la sua fossetta. Indossava una felpa nera, il cappuccio sulla testa, una mano nella tasca dei bermuda mentre nell'altra aveva un pacchetto.

«Stavi meglio con i miei vestiti addosso», disse squadrandomi.

«Grazie, sei gentile questa sera», gli risposi ironica e quel sorrisetto si allargò un po'. Non mi guardava in faccia e mi turbava non incontrare i suoi occhi.

«Stai meglio?». E subito dopo aggiunse: «Sembri un straccio».

Scossi la testa.

«Quanti complimenti stasera. Scusa se non sono sempre perfetta come la tua *amica*».

Pronunciai l'ultima parte con un tono un po' troppo velenoso, però almeno così mi guardò in faccia.

«Ti riferisci a Shaila?». Mi sembrava ovvio.

«Qualunque nome abbia, non importa», dissi liquidando l'argomento con un gesto della mano.

«È per questo che sei corsa via stamattina? Per lei?». Distolsi lo sguardo. Sì, sì e sì.

«No, stavo poco bene e volevo tornare a casa». Sentivo i suoi occhi puntati su di me.

«Haley, guardami». Si avvicinò e mi parlò con quel solito tono prepotente. Non mi voltai. Fissavo un punto oltre le sue spalle, verso casa di zia Tess. La luce accesa in sala e in cucina. Mi sembrava di scorgere due ombre, una era sicuramente mia zia, e l'altra?

«Scheggia, torna da me, ti prego». Le sue parole e il suo tono implorante mi entrarono nel petto ed ebbi la sensazione di vacillare. Mi voltai e lo vidi molto più vicino di quanto mi aspettassi. Avvertivo le scariche elettriche attraversarmi il corpo come ogni volta che mi sfiorava. Mi guardava intensamente, tanto che rabbrividii. Quello sguardo si inabissò nei miei occhi in cerca dell'anima. Voleva leggermi dentro, così li chiusi e tentai di rimanere lucida.

«Che c'è, Landon?». Forse ero stata troppo dura perché ritrasse la mano che stava allungando verso me e io mi pentii e sospirai.

«Scusa», mormorai. Lui annuì e mi passò il pacchetto che aveva in mano. Lo guardai con aria interrogativa.

«Apri», disse, e io lo feci.

Dentro c'era il più bel cupcake che avessi mai visto. Tutto ricordava Minnie. La cartina era rossa a pois bianchi, il cupcake era al cioccolato con sopra la crema bianca, due cerchietti neri e un fiocchetto rosso a pois bianco come la cartina, poggiato di lato fra quelle che dovevano essere le orecchie. Era bellissimo e sembrava altrettanto buono. Sorrisi, come un'idiota, incantata da quel dolcetto incredibile. Non era nemmeno paragonabile alle torte della mamma, ma era ormai da molto tempo che non ricevevo un gesto così gentile e premuroso. Lo vidi rovistare nella tasca e poi tolse una piccola candelina rossa e un accendino. Rimasi senza fiato mentre lui sistemò la candelina e l'accese. Lo guardai e sentii gli occhi riempirsi di lacrime. Cercai di ricacciarle indietro, lui sorrise, e pensai che quel sorriso me lo avesse tenuto nascosto fino a quel momento, perché era il sorriso più dolce, sexy e arrogante che avessi mai visto. Quel sorriso era lui.

«Buon compleanno, Haley». Schiusi appena la bocca. Volevo chiedergli come facesse a saperlo.

«No Haley, Scheggia», lo corressi e lui allargò di più quel sorriso e il mio cuore sembrò fermarsi per un attimo.

Le ombre che la candela creava sul suo viso erano incredibili, facevano brillare quegli occhi smeraldo e rendevano più sexy quelle labbra carnose. Per un istante dimenticai tutto, desiderai buttargli le braccia al collo e baciarlo come non avevo fatto con nessuno, ma mi ricomposi, chiusi gli occhi e soffiai la candelina. Il mio desiderio? Non ve lo dico. Prima che potessi dire qualcosa, prima ancora di poter aprire gli occhi, sentii le sue labbra calde sulle mie, la sua mano premere sulla mia nuca e il mio cervello andò in cortocircuito. Mi avvicinai con il cupcake in mano, riducendo le distanze, che poi lui, cingendomi con l'altra mano, annullò. Inarcò un po' la schiena, perché io ero più bassa, e gli andai incontro alzandomi sulle punte per baciarlo meglio. La stretta della sua mano tra i miei capelli era forte, lo sentii sospirare, eravamo petto contro petto, bocca contro bocca. Riuscivo a sentirlo eccitato e lo strinsi più forte a me con la mano libera. Gli abbassai il cappuccio e feci scorrere la mano tra i suoi capelli, stringendoli. Landon grugnì appena, mi alzò da terra e io gli cinsi i fianchi con le gambe. Avevo l'affanno, si allontanò un attimo per guardarmi, ma poi mi schiuse le labbra permettendo alla sua lingua d'incontrare la mia. Sapeva di buono, di dentifricio alla menta e sorrisi appena pensando che avesse premeditato tutto. Era il sapore più buono che avessi mai provato, ma c'era qualcosa che rendeva quel bacio ancora più bello. Mentre la mia lingua scopriva la sua incontrai due palline di metallo che mi fecero tremare dal piacere. Lo sentii abbassarsi e mi distese sulla sabbia, poi si fece largo fra le mie gambe. Ardeva dal desiderio e ogni parte di me ardeva quanto lui. Quando si staccò un attimo per riprendere fiato, mi sentii le labbra gonfie. Mi accarezzò una guancia. Avevo ancora il dolcetto stretto in mano. Poggiò la fronte sulla mia e ne approfittai per chiudere gli occhi e respirare.

«Fermami, fermami adesso Haley, perché non so se riuscirò a fermarmi se ricomincio a baciarti».

Aveva una mano poggiata sulla mia coscia.

«Devi fermarti», dissi lottando con ogni parte del mio corpo, tranne che col cervello. Era quello ad avermi bloccata. Stavamo correndo troppo, no? Ripresi fiato, lui mi guardò un attimo e poi si scostò.

«Ho bisogno di una doccia fredda», disse, e io mi misi a ridere.

«Anch'io».

«Guarda, c'è una vasca infinita davanti a noi. Tuffiamoci». Si alzò e si tolse la felpa.

«NO», dissi, o meglio urlai. Landon mi guardò sorpreso e con la bocca schiusa. Mi alzai. «Non posso», dissi indietreggiando.

«Scheggia», mormorò allungando una mano verso me e io indietreggiai ancora.

«Non posso entrare in acqua, ti prego». Corrugò la fronte e si avvicinò.

«Ok», disse. «Va tutto bene, Haley, vieni qui». Allungò ancora la mano e per un attimo ricordai tutto.

Ricordai perché avevo allontanato le persone, perché non potevo permettermi di amare qualcuno, di quanto un'altra perdita mi avrebbe distrutta completamente e feci la cosa che mi riusciva meglio. Mi voltai e corsi via, il più veloce possibile. Lui mi chiamò, ma io continuai a correre, il cupcake ancora stretto in mano.

7

Entrai in casa, sbattei la porta e mi ritrovai davanti una scena alquanto imbarazzante. Mia zia limonava come una liceale, sul divano, con un tipo che mi dava le spalle. Sussultò quando entrai e si alzò sistemandosi i vestiti. Mi guardò perplessa mentre io cercavo di far calmare i battiti del cuore e di regolarizzare il respiro.

«Haley, stai bene?». Si allungò verso di me. Annuii. L'uomo si girò.

Fin da bambina ogni anno avevo visto quell'uomo quando passavo una parte delle vacanze estive da mia zia. Mi portava a mangiare la pizza, a teatro, mi comprava mille vestiti, mi abbracciava quando davo di matto e mi dava i baci quando cadevo e mi facevo male. Zio George mi guardava. I capelli neri arruffati, la barba un po' folta, l'abbronzatura perfetta, gli occhi scuri. Muscoloso e forte proprio come lo ricordavo. Erano stati insieme per dieci anni, ma qualche mese prima dell'incidente si erano lasciati. Lui c'era sempre stato per me. Passai il dolcetto a mia zia e gli saltai addosso. Mi strinse, forte, e io affondai la testa nel suo collo per annusare quel profumo di mare e di sandalo che mi faceva sentire a casa. Scoppiai a piangere come da bambina e lui mi strinse più forte, le gambe strette sui suoi fianchi. «Mi sei mancata anche tu, bambina», mi disse e io iniziai a singhiozzare. Ancora aggrappata a lui lo sentii mentre diceva qualcosa a zia Tess e uscì fuori, nel piccolo giardino.

«Scimmietta, che ne dici se ci sediamo sull'amaca?».

Ero riluttante all'idea di staccarmi da lui, ma mi sforzai. Lui si sedette sull'amaca e io mi accoccolai accanto allo zio, mi mise un braccio intorno alle spalle e mi cinse. Finalmente mi sentii di nuovo a casa, al sicuro.

«State di nuovo insieme?», gli chiesi e sentii il suo petto vibrare.

«Non ne ho idea, ha una mente veramente contorta tua zia». Sorrisi.

«E tu invece?». Mi si strinse lo stomaco.

«Io cosa?». Si mise a ridere.

«Haley, credi davvero che non sappia chi frequenti?». Mi scostai.

«Non frequento nessuno».

«È stato Landon a regalarti quel cupcake?». Sbuffai.

«Ho combinato un casino».

«E non si può rimediare?», mi chiese.

Scossi la testa. «Lo sto proteggendo».

«Da cosa?»

«Da me».

Si alzò dall'amaca e mi si piazzò davanti, poi si abbassò in modo da potermi guardare negli occhi.

«Non dovresti proteggere nessuno da te. Sei straordinaria, bella, simpatica, stai soffrendo e questo lo capisco. Hai perso la tua mamma, Haley, e anche se tuo padre è vivo hai perso anche lui, ma solo perché è un idiota. Sono due grandi dolori da affrontare, però qualcosa in quegli occhi mi dice che non è lui che stai proteggendo, ma te stessa da lui».

Gli occhi mi si riempirono di lacrime e sentii un nodo in gola. Mi resi conto di aver stretto i pugni quando sentii le unghie affondarmi nella pelle. Quanto erano vere quelle parole. Era davvero lui che proteggevo? No, volevo proteggere me stessa dal dolore di perderlo, consapevole che prima o poi sarebbe andato via. Tutti se ne vanno, questo ormai l'avevo capito fin troppo bene. Mentre guardavo l'erba del giardino sentii un dito sotto il mento. Zio George mi fece alzare lo sguardo su di lui. Cominciai a raccontargli tutto, dalla mattina in cui l'avevo incontrato a quando avevo i pattini ai piedi e mi aveva salvata da un inevitabile schianto contro un albero; come si era comportato al falò, il suo cambiamento nella cabina, il giorno del compleanno, la mattina dopo, quella sera. Insomma, vuotai il sacco.

«Non puoi proteggere il tuo cuore per sempre. Voi donne Cooper siete fatte per amare». Sorrisi sentendo il cognome da nubile di mia madre.

«Puoi provarci quanto vuoi a tenerlo fuori, puoi chiudere la porta in faccia a chi vuoi, ma io conosco Landon, conosco la sua reputazione, e anche chi è veramente, altrimenti non gli avrei permesso di farmi questo». Indicò il tatuaggio che aveva al centro del petto.

Un cuore rosso con delle sfumature nere che gli dava profondità e due grandi ali ai lati. Erano maestose, belle, dettagliate. Lo sfiorai con le dita e stavo per dire qualcosa, ma lui mi zittì.

«Haley, è un ragazzo incredibilmente generoso, però ha dovuto affrontare cose difficili e conosce il dolore anche se si nasconde dietro quella spavalderia. Comunque è pure testardo e forte e io credo che tu abbia bisogno di uno come lui. Non andrà via, non ha mai lottato per una ragazza, si è sempre limitato a passarci la notte. Ho visto come ti guarda e fidati se ti dico che non ha mai guardato nessuna come te e si merita di starti accanto».

Stavo per chiedergli quali fossero le cose difficili che avesse affrontato e quale dolore conoscesse, ma sentimmo arrivare qualcuno al cancello e per un attimo sperai che fosse Landon, e invece era il fattorino, con le pizze. Mio zio andò a prenderle e mi fece un gran sorriso.

«Andiamo, sto morendo di fame e sono le dieci passate».

«Sì, anch'io ho tanta fame».

Era come ritrovare un tesoro perduto, qualcosa alla quale tieni molto, che metti in un posto per tenerlo al sicuro, ma che poi un giorno all'improvviso temi di aver perso. Lo cerchi dappertutto, invano, e poi quando decidi di lasciar perdere, ecco che spunta fuori. Be', era quello che sentivo in quel momento, il senso di famiglia. Ridevo e scherzavo con i miei zii. Zia Tess decise di mettere un film, non avevo idea di quale film fosse perché la mia mente vagava da un po', cercando di fare chiarezza fra i miei pensieri. Zia era al centro mentre zio George la cingeva in un abbraccio. Si erano addormentati a metà film e sentii una stretta al cuore ricordando quanto quell'immagine mi fosse familiare. Presi il telefono per scrivere a Joey.

IO: *Quindi Landon fa il tatuatore.*

JOEY: *Quindi sei viva.* Risi.

IO: *Pensavi di esserti liberata di me?*

JOEY: *Ahah c'ho provato. Comunque sì.*

IO: *Perché io non lo sapevo?*

JOEY: *Perché tu non l'hai chiesto.*

Era colpa mia come al solito. Trillò di nuovo.

JOEY: *Ma ora mi sembri interessata, cos'è successo?*

IO: *Abbiamo molto di cui parlare, oggi è stata una giornata incredibile. Domani mattina al Café, notte. Baci.*

JOEY: *Questa notte non dormirò, grazie amica. Baci.*

Chiusi la TV, presi uno scialle, lo misi sui due innamorati, forse fidanzati, e salii di sopra. Indossai il pigiama e mi misi a letto, sperando di essere troppo stanca per avere gli incubi.

Mi svegliai con l'affanno, di nuovo sudata. Mi portai una mano al petto e cercai di calmarmi. Illuminai il display del telefono, erano le sei. Mi alzai, almeno non avevo urlato terrorizzando mia zia. Mi guardai allo specchio e sfiorai la foto, il volto di mia madre.

Anche negli incubi diceva di volermi bene. Posai lo sguardo sul bigliettino che aveva mandato a mia zia, era la cosa più recente che avessi di lei. Posai un dito sulla sua firma, aveva una scrittura elegante, armoniosa. La guardai a lungo per fissarmela nella mente, per non lasciarla andare e poi capii. Feci la doccia. Indossai dei pantaloncini di jeans blu scuro con dei piccoli risvolti, un top semplice verde acqua, leggermente più lungo sulla schiena e corto sul davanti, abbastanza da scoprirmi l'ombelico, con la scritta "Pink" sul petto. Infilai le All Star basse dello stesso colore del top, presi il bigliettino della mamma, lo infilai nella tasca posteriore dei pantaloncini e scesi di sotto. C'era odore di caffè, frittelle e bacon. Sul divano non c'era più nessuno. Zio era ai fornelli mentre zia era al telefono fuori.

«Buongiorno». Gli diedi un bacio sulla guancia e lui mi passò un piatto pieno di prelibatezze. «Buongiorno, bambina», disse sorridendo.

Iniziai a mangiare ingorda e mugolai a ogni boccone.

Sorrise. «Tua zia ti sta proprio facendo morire di fame, eh?».

Scossi la testa. «No, è brava». Alzò le sopracciglia e io lo guardai di traverso. «O almeno ci prova, quando non rischia di mandare a fuoco la cucina non è male».

Scoppiò a ridere portandosi una mano al petto e vidi zia guardarci al di là della finestra, poi tornai a guardare seriamente zio George.

«Allora», cominciai e lui mi guardò.

«Allora», rispose lui.

«Voi due», continuai indicando con la forchetta prima lui, poi mia zia che adesso sbraitava e annuiva. Lui mi sorrise appena e la guardò.

«Sta per partire», disse.

«Solo per un po'», precisai.

Zio George alzò le spalle. «Non so cosa stia succedendo fra di noi, ci sentiamo da un po' e non lo so, continua a mancarmi, non c'è stato giorno in cui io l'abbia amata di meno».

Scesi dallo sgabello e lo abbracciai.

«Dovresti parlarle, potete sistemare le cose».

«No». Iniziò a lavare le stoviglie nel lavello. «Lei desidera cose diverse, stare insieme significherebbe sacrificare i desideri di uno di noi, non è giusto». Non sapevo cosa intendesse dire, ma sapevo che quei due erano innamorati pazzi ed ero sicura che avrebbero potuto trovare i giusti compromessi.

«Ma...», iniziai a dire, ma mi ammutolii appena zia entrò in cucina sbraitando.

«È incredibile!», esclamò e io e zio la guardammo.

«Mi vogliono lì, mi vogliono lì ora! Nessun preavviso, nemmeno il tempo di preparare le valigie, di organizzarmi con Haley, niente!».

Corrugai la fronte. «A cosa ti riferisci?», le chiesi.

«Chi era al telefono?», chiese lui.

Zia alzò le braccia al cielo e si sedette sullo sgabello in cucina.

«La sede legale di Londra, mi vogliono lì, mi hanno

persino prenotato il volo, fra qualche ora. Ho talmente da fare... Haley, tesoro, sei sicura di cavartela?».

Annuii. «Ma perché te ne vai così presto?».

Alzò le spalle. «Non ne ho idea, ci sono alcuni problemi e hanno bisogno di me».

Quella mattina passammo il poco tempo a disposizione a sistemare la valigia, assicurandoci che avesse tutto. Zio continuava a dirle di pensarci bene, che non doveva andare via adesso, che le avevano detto che sarebbe partita il mese prossimo e che quindi non doveva permettere a nessuno di farsi trattare così. Lei sbuffò. «George, è lavoro, quando il lavoro chiama io devo rispondere». Lui annuì e fece un sorriso amaro.

«Certo», disse. «La carriera».

Zia chiuse la valigia e la poggiò a terra.

«Non si tratta di noi», disse lei piano.

«Lasci una ragazzina da sola», rispose lui in tono aspro.

«Lei non è una ragazzina, ha vent'anni e non è sola. C'è Rosa, ci sei tu», disse zia Tess.

Zio George scosse la testa. «Certo che ci sono, ci sarò sempre per lei, non importa da quale parte del mondo mi chiameranno», sbottò lui.

«Cosa vorresti dire?».

Zia Tess aveva alzato la voce, ma quella di zio George era bassa e dura.

«Continui a fare le scelte sbagliate e io non sono uno stupido, fa' buon viaggio Tess».

Uscì dalla stanza e lo sentii sbattere la porta. Il mio telefono trillò, Joey era al Café.

«Vai», disse zia.

«Stai bene?», le chiesi.

Mi abbracciò. «Abbi cura di te, useremo il portatile per sentirci, va bene? Faremo coincidere gli orari, troveremo una soluzione. Ti prego, sta' attenta».

«Ti voglio bene zia».

«Ti voglio bene anch'io».

Raggiunsi Joey al bar e ordinai un'enorme tazza di caffè. Lei mi guardò mettendosi le mani intrecciate sotto il mento.

«Stai bene?», chiese, e io la guardai.

«Quanto tempo hai?», chiesi, e lei sorrise.

«Tutto il tempo che vuoi».

Bevvi un sorso di caffè che mi aveva portato la cameriera e le raccontai tutto ciò che si era persa il giorno prima e quello che era successo quella mattina. Le espressioni furono diverse, dalla curiosità al fastidio, dal dispiacersi per me allo stupore, rise e poi tornò seria, si portò anche una mano alla bocca sorpresa.

«È stato un giorno impegnativo», mi disse e mi coprii il viso con le mani.

«Già».

«Che intenzioni hai?». Abbassai le mani. «Con Landon, intendo».

«Non ne ho idea. Piuttosto, sai dove lavora?»

«Sì, che c'è? Vuoi farti un tatuaggio?». Non risposi e lei alzò un sopracciglio.

«Haley?». Sorrisi e lei iniziò a battere le mani. «Wow, aspetta chiamo Terry, lei fa i piercing, forse sa se oggi è di turno oppure se è in spiaggia».

Cominciò a trafficare con il telefono e io mi limitai a guardarla.

«Ehi Terry, mi sei mancata anche tu». Rise. «Sì sì, ho saputo, già, ascolta dovrei chiederti una cosa», mi guardò. «Una mia amica vorrebbe farsi un tatuaggio e, insomma, Landon è incredibilmente bravo. Sì, credi che… mmm, sì, capito, perfetto, ci vediamo fra mezz'ora allora».

Mezz'ora? Il cuore prese a battermi forte e iniziai a far dondolare una gamba. Joey chiuse la telefonata e mi guardò.

«Nervosa?», mi chiese, e io alzai gli occhi al cielo. Rise. «Andiamo, fra mezz'ora è il tuo turno e sei anche fortunata. Di solito non è così facile prendere un appuntamento. Parecchia gente va a farsi tatuare lì».

8

Ci incamminammo e io seguii Joey che andava spedita come se conoscesse a memoria la strada. Guardavo con attenzione i vari negozi, la gente in vacanza che si rilassava o faceva shopping, i bambini che correvano qua e là. Sorrisi, sollevata da quel senso di pace che avevo dentro. Non sapevo quanto sarebbe durato, ma avevo intenzione di godermelo fino alla fine.

«Cosa gli dirai?», mi chiese Joey. «Insomma, l'hai piantato lì e sei corsa via, ti aveva solo chiesto di fare un bagno».

Sospirai. Non sapeva che io e i miei genitori eravamo finiti nel lago; sapeva solo che avevamo avuto un incidente e che mamma era morta, quindi non aveva idea che io avessi paura dell'acqua. Mi fermai e appena si rese conto che non ero accanto a lei si bloccò e si voltò guardandomi perplessa. Cercai di riempire i polmoni d'aria perché avevo trattenuto il respiro e ora mi faceva male il petto, chiusi gli occhi e lei si avvicinò e mi spinse in un vicoletto.

«Haley». Trattenni le lacrime e mi schiarii la voce.

«Siamo finiti giù da un ponte e dritti in un laghetto, non molto lontano dal lago dove c'era la festa a cui avevo partecipato». Strinsi i pugni e lei si portò la mano alla bocca. «Sono quasi morta annegata. Mio padre mi ha tirato fuori dalla macchina. Ricordo bene quella sensazione, quella paura. Mamma ha perso la vita in quel modo e non voglio nemmeno immaginare il dolore che ha provato visto che io non l'ho provato fino alla fine. Amavo l'acqua, d'estate passavo la maggior parte del mio tempo al lago, oppure qui al mare, ma ora, be', ora l'infinito che ha l'oceano mi terrorizza. Temo di non avere scampo se finisco lì dentro».

Buttai fuori tutta l'aria e Joey mi strinse forte.

«Scusa».

«Non è colpa tua».

«Ragazze». Ci voltammo e James era poggiato al muro all'imbocco del vicoletto.

Era bello come sempre, indossava jeans larghi e una maglietta a maniche corte, entrambi di colore grigio. I capelli legati nel suo solito codino. Ci fissava, mi chiedevo quanto avesse sentito di quella conversazione. Joey fece un largo sorriso e io distolsi lo sguardo mentre lui le si avvicinava e l'abbracciava. Mi guardò con gli occhi scuri, o meglio mi fulminò con lo sguardo e io lo sostenni, ma mi irrigidii e lui sembrò averlo capito perché lo distolse per primo.

«Dove andate?», chiese a Joey.

«Accompagno Haley al Tattoo qui vicino».

James mi lanciò un'occhiata e fischiò. «Addirittura, non ti facevo così coraggiosa».

La rabbia mi montò dentro. «Sorpresa», dissi sarcastica.

«Dobbiamo andare o faremo tardi e preferirei che tu non venissi». Passando, sbattemmo spalla contro spalla e lui mi prese per il polso.

«Mollami», dissi con un sibilo velenoso.

James chiuse gli occhi. «Mi dispiace, Hales», disse, e sembrava davvero dispiaciuto, ma a me non interessava e il fatto che mi aveva chiamata Hales, diminutivo che usavano i miei amici nel Vermont e la mia famiglia, mi diede fastidio. Lui non era mio amico, non più.

«Troppo tardi, James».

Mi voltai verso Joey che nel frattempo ci guardava perplessa e non sapeva bene cosa fare, poi si schiarì la voce. «Andiamo, James ci sentiamo dopo». Mi incamminai con la rabbia che mi bruciava dentro. Si dispiaceva, e per cosa? Per avermi tradita e presa in giro per mesi? O perché aveva avuto la faccia tosta di sbattermi davanti sempre il loro rapporto e mi perseguitava dappertutto?

«Haley». Joey affrettò il passo per starmi dietro. «Hales!». Mi bloccai di colpo. La mia amica aveva il fiatone.

«Sul serio? Ora inizi a chiamarmi come lui?».

Mi guardò. «È così grave… quello che ti ha fatto?».

La guardai e strinsi gli occhi. «Non vuoi saperlo, ricordi?»

«Sì, lo so, so di avertelo detto, ma sembri piuttosto arrabbiata con lui e questo non me l'aspettavo».

Chiusi gli occhi per riordinare i pensieri. «Solo, sta' attenta», dissi e lei annuì.

«Siamo arrivate». Indicò una porta dall'altro lato della strada così l'attraversammo.

Sulla porta campeggiava la parola "Tattoo" in verticale e con caratteri gotici. Entrammo. Trovammo parecchia gente e più porte dalle quali forse si accedeva a diverse postazioni. Sembrava un posto carino e rassicurante. I muri a mattoncini rossi erano tappezzati di quadri con foto e disegni. Il tetto basso aveva travi di legno dello stesso colore del parquet e davanti a un finto camino erano state sistemate alcune poltroncine e un divano di pelle marrone. Da un lato, un piccolo bar con degli alcolici, mentre, dall'altro, una scrivania alla quale era seduta una ragazza dagli occhi castani che ci guardava tutta sorridente.

«Salve ragazze, posso aiutarvi?». Joey si avvicinò.

«Posso parlare con Terry, per favore? Mi sta aspettando». La ragazza annuì.

La guardai aprire la terza porta. Era alta, molto magra, con diversi tatuaggi sulle braccia e al petto, i capelli biondi le ricadevano sulle spalle e mille orecchini le decoravano l'orecchio destro. Indossava un top bianco piuttosto scollato, una gonna di jeans che sembrava una cintura e scarpe altissime. Poco dopo uscì dallo studio seguita da una ragazza forse più bassa di me che aveva pantaloni della tuta nera a cavallo piuttosto basso e stretti alle caviglie, scarpe basse, un top che le lasciava la pancia scoperta. Notai che una parte del tatuaggio doveva coprirle il fianco e che portava il piercing all'ombelico. Aveva un seno piuttosto prosperoso e un braccio interamente decorato da una serie di fiori che salivano dalla mano fino al collo. Aveva il piercing anche al labbro, no, in realtà erano tre, un altro sul sopracciglio e uno in mezzo agli occhi. Gli occhi grandi e blu erano fissi su Joey e si toccava i capelli corti blu elettrico con le punte azzurre. Sorrisi, mi piaceva.

«Ciao, bambolina!», esclamò sorridendo e abbracciando Joey che ricambiò.

«Lei è la tua amica che vuole tatuarsi?», chiese indicandomi con le sue dita sottili, e Joey annuì.

«Sì, lei è Haley».

Terry, che si stava versando non so cosa nel bicchiere, sparse il liquido sul bancone e la ragazza che ci aveva accolte corse a pulire.

«Scusa, Alex», le disse, poi si voltò verso di me.

«Tu sei Haley?», chiese avvicinandosi e guardandomi con occhi sgranati. Mi fece girare su me stessa e io stetti al gioco troppo perplessa per capire cosa stesse succedendo. Sentii ridere Joey.

«Oh mio Dio! Pensavo raccontasse delle balle e non che tu esistessi sul serio». La guardai e lei sorrise e mi strinse.

«Non puoi capire come sono felice di conoscerti. Landon mi parla di te in continuazione. Lo stai facendo penare, eh?».

Mi guardò come se volesse rimproverarmi e io diventai paonazza.

«Sul serio ti ha parlato di me?». Prima che mi potesse rispondere un ragazzo uscì dal primo studio toccandosi dolorante il braccio.

«Lascia in pace il tuo braccio e mi raccomando, curalo bene». Il ragazzo annuì e uscì seguito da Landon. Mi sentii tremare le gambe, ma cosa diavolo ci facevo lì? Cosa mi era passato per la testa? Chissà cosa pensava di me. Cristo com'era bello. Indossava jeans scuri, bassi sui fianchi, All Star nere e una maglietta a giromanica attillata, nera, che faceva risaltare ancora di più i suoi pettorali scolpiti. I capelli gli ricadevano sugli occhi e lui se li scostò con la mano.

«Lo stai spogliando con gli occhi». Sussultai mentre Terry mi parlava.

«Non è una buona idea», dissi io e Joey e Terry ridacchiarono.

«Non avrai mica paura», mi dissero all'unisono e alzai le braccia al cielo. Fu allora che si voltò e i suoi occhi incrociarono i miei. Schiuse la bocca e io mi morsi il labbro nervosa. Si avvicinò.

«Mi chiedevo cosa fosse tutto questo baccano, dovevo immaginare che fossi tu, Scheggia».

Lo guardai e non riuscii a nascondere un sorriso anche se lui alzò appena un lato della bocca. Doveva essere arrabbiato con me e non potevo certo dargli torto.

«Mi stai dicendo che sono una specie di terremoto?», chiesi. Alzò ancora un po' l'angolo della bocca e finalmente spuntò quell'adorabile fossetta.

«No, direi che sei più come una calamità naturale». Si avvicinò e Terry spostò lo sguardo da me a lui.

«Cosa ci fai qui?». Incespicai nelle parole mentre cercavo di dirgli che ero lì per farmi un tatuaggio e sentii le ragazze ridacchiare mentre lui aveva aggrottato le sopracciglia.

«Sta cercando di dirti», disse Terry con enfasi, «che è qui perché è stufa di questa pelle immacolata e vorrebbe che *tu* ti occupassi di lei». Gli fece l'occhiolino.

Joey ormai rideva e io paonazza guardai a terra.

«Haley», mi chiamò, non lo guardai, e Terry disse qualcosa all'orecchio a quella che in teoria doveva essere la mia migliore amica. Sì, bella amica. In quel momento si prendeva gioco di me e rise di più.

Sentii le dita di Landon poggiarsi sotto il mio mento, così dovetti alzare la testa e guardarlo dritto negli occhi.

«È così?».

Aveva inarcato un po' la schiena per essere alla mia stessa altezza. Annuii piano e lui mi sorrise.

«Ma chi è che ha questa risata meravigliosa?». Battei le palpebre e Landon si girò.

Dal secondo studio uscì Tom. Si stava togliendo i guanti e aveva metà braccio destro coperto dalla carta oleata. Da quello stesso studio uscì una ragazza che gli fece un sorriso ammiccante. Lui però lo ignorò totalmente perché impegnato a guardare Joey che nel frattempo aveva abbassato lo sguardo e per una volta quella paonazza era lei e quella a sorridere ero io. Terry mi guardò e alzò gli occhi al cielo. Landon mi prese per il polso.

«Vieni».

Mi trascinò nel suo studio mentre Tom si avvicinava alle altre. Landon chiuse la porta. La stanza era piccola, dello stesso stile dell'entrata: una scrivania di vetro con un computer, una stampante, diversi fogli. Il muro era pieno zeppo di foto di tatuaggi che molto probabilmente erano opera sua, e di immagini sparse. Notai che sulla scrivania c'era una foto incorniciata, ma dal punto in cui ero non riuscivo a vedere bene il soggetto.

«Scheggia, sei ancora con me?». Mi voltai e lo osservai mentre mi guardava ridendo, poggiato al muro.

«Scusa». Si scostò dal muro e mi si avvicinò.

«Scusa perché ieri mi hai abbandonato sulla spiaggia dopo che ci stavamo decisamente divertendo o scusa perché eri distratta? Perché nel secondo caso non c'è bisogno che ti scusi. Mi piace vederti persa nei tuoi pensieri».

Mi morsi il labbro, senza proferir parola, perché non sapevo da dove cominciare. «E va bene, me lo dirai quando sarai pronta», concluse infine, andando verso la scrivania.

«Allora, vuoi vedere qualche disegno o sai già cosa vuoi tatuarti?».

Mi concentrai e presi il bigliettino dalla tasca dei jeans. Era dietro la scrivania e io mi sedetti sulla sedia davanti a lui e gli passai la breve lettera di mia madre.

«Vuoi tatuarti la lettera?». Mi guardò cercando di capire le mie intenzioni e io scossi la testa sbuffando.

«La firma». Deglutii a fatica, perché mi si era formato un groppo in gola, così cercai di schiarirmi la voce. «Vorrei che tu mi tatuassi la firma, così com'è».

Landon annuì.

«Lisa», mormorò. «È veramente una bella scrittura. Sai già dove vorresti farlo?».

Mi alzai per mettermi davanti allo specchio e mi squadrai dalla testa ai piedi.

«No».

Lui si avvicinò e mi poggiò le mani sulle spalle. Chiusi gli occhi per un attimo. Fui invasa dal suo calore. Mi spostò i capelli da un lato, lasciandomi scoperto il collo e mi accarezzò appena sotto l'orecchio. Sentivo il suo respiro sul mio collo e il mio cuore accelerò mentre i brividi mi percorsero la schiena. Sorrise. Sapeva esattamente l'effetto che aveva su di me.

«Qui, direi che è il posto giusto, oppure...». Mi prese la mano e la girò con il palmo all'insù, mi baciò il polso e per un attimo temetti che le gambe avrebbero ceduto e sarei crollata a terra.

«Qui», disse, abbassandomi la mano e avvicinandosi ancora di più. Annuii.

«Sul polso», dissi, o meglio lo mormorai.

L'elettricità fra noi era incredibile e non c'era verso di poter dire il contrario, né di fingere che non ci fosse. Eravamo l'uno l'opposto dell'altra e avevamo bisogno di stare insieme per poter essere completi. Lui mi guardava e io sostenni il suo sguardo, poi qualcuno bussò e Tom fece capolino nella stanza.

«Tutto bene voi due?». Aveva il berretto girato al contrario e la barbetta di qualche giorno sul viso. Indossava una canottiera blu scuro che faceva risaltare l'azzurro cielo dei suoi occhi, più chiari dei miei che invece sembravano del colore del mare. Il tatuaggio sul petto in bella vista e jeans larghi e troppo bassi.

«Di solito non chiudi la porta», disse guardando l'amico.

«Forse l'ho chiusa per non essere disturbato», rispose Landon.

Tom sembrò ragionarci un attimo e poi annuì.

«Porto Joey e Terry a prendere un caffè. Cercate di scaricare questa tensione sessuale. Alex farà finta di non sentire e noi potremo starvi vicino senza essere in imbarazzo».

Rideva come un idiota e io feci un passo indietro, rossa in viso, mentre Landon guardò l'amico in cagnesco. Lui per tutta risposta alzò le braccia in segno di resa e mi fece l'occhiolino.

«A dopo, Lan». Richiuse la porta alle sue spalle.

«Siediti», mi disse Landon indicandomi la postazione di lavoro.

Lo guardai ricalcare la firma di mia madre.

«Posso lavorarla un po' o vuoi che la lascio così?».

Mi misi comoda e alzai le spalle.

«Vorrei che rispecchiasse il più possibile la sua firma e basta».

Lui annuì e riportò lo sguardo sul foglio. «Ok. Lascia fare a me».

Lavorò ancora un po' il disegno, poi venne verso di me e si mise i guanti. Tutto lì odorava di disinfettante e ogni cosa era ben sigillata. Era un tipo molto meticoloso, e questo mi piaceva. Mi si sedette accanto.

«Quale polso?».

Allungai il braccio destro. «Questo».

Lui annuì e si sistemò per mettersi più comodo. «Se vuoi che mi fermo perché ti fa male dimmelo, va bene?».

Feci di sì con la testa e cercai di concentrarmi sulla musica rock che riempiva la stanza. Landon cominciò. Non nego che provai un certo fastidio, anche se avevo un'idea leggermente diversa del dolore da quando ero quasi affogata. Dopo aver avuto qualche costola rotta il pizzicore che avvertivo mentre Landon disegnava sulla mia pelle era piacevole. Lo guardai. Era concentratissimo e notai che giocava con il piercing che aveva sulla lingua tenendosi una pallina fra i denti. La fronte corrugata, i capelli che gli ricadevano in avanti, gli occhi puntati sul mio polso. Ogni tanto faceva una pausa per chiedermi se volessi fermarmi e io rispondevo di no. Puliva l'inchiostro e il poco sangue in eccesso, poi riprendeva. Era taciturno.

«Se non sei di qui, da dove vieni?».

Lo guardai. «Vai dritto al punto tu». Mi misi a ridere e lui alzò le spalle sogghignando.

«Vengo dal Vermont».

«Dev'essere un posto bellissimo. Mia madre è stata lì una volta, ha fatto delle foto straordinarie».

Annuii. «Sì, amo quel posto, le montagne, i boschi, le vallate verdi». Ricadde il silenzio, ma per poco e io appresi che era un ragazzo curiosissimo.

«Lisa è tua madre?», mi chiese continuando a lavorare. Doveva aver letto il bigliettino.

«Era mia madre», puntualizzai, e lui si fermò e mi guardò.

«Scheggia, scusa». Sembrava sincero e io gli sorrisi.

«Non preoccuparti».

Landon annuì e ricominciò. «È per questo che sei qui?»

«Sì, sto da mia zia».

«Teresa».

Lo guardai. «La conosci?».

Alzò le spalle. «Stava con George e lui me ne parlava, poi un avvocato importante come lei è conosciuto da queste parti». Aveva ragione.

Si era dedicata totalmente a questo lavoro. Voleva essere qualcuno d'importante e ci stava riuscendo. Si era laureata con il massimo dei voti, aveva effettuato il tirocinio in uno dei più prestigiosi studi di New York e poi si era trasferita a Santa Monica, dove aveva conosciuto zio George e aveva tentato in tutti i modi di farsi conoscere. Ormai era diventata un avvocato rispettabile con numerose cause vinte alle spalle. Secondo me avrebbe potuto iniziare a rallentare.

Landon rimuginava su qualcosa e riprese a giocare con il piercing.

«Perché non lo chiedi e basta?».

Mi guardò e aggrottò le sopracciglia. «Cosa?».

Lo guardai alzando un sopracciglio. «Dài, togliti il sassolino dalla scarpa».

Temevo che volesse sapere come fosse morta mia madre e non ero certa di poter affrontare l'argomento, ma invece mi sorprese.

«Quel James che cita tua mamma nel biglietto, è lo stesso ragazzo che gira sempre intorno a Joey?»

«Sei geloso?».

Scosse la testa e lo vidi sorridere. «Non dovevo chiedertelo, lo sapevo».

Mi misi a ridere, ma poi mi incupii. «Sì, è la stessa persona».

Mi pulì il tatuaggio e ci mise un po' di pomata.

«E ci prova con la tua amica?».

Alzai gli occhi al cielo. «Per lui è una cosa normale».

Si tolse i guanti e mi guardò. «Che significa?»

«Niente».

Mi osservai il polso. Se poco prima mi ero rattristita un po', ora ero esterrefatta, emozionata e dovevo avere una faccia sbalordita perché Landon mi guardò con un sorriso smagliante, evidentemente contento della mia espressione e del risultato.

«Wow». Fu tutto ciò che mi uscì dalla bocca. Era perfetto.

Sul polso avevo la firma di mia madre tatuata con l'abile tocco di Landon. Aveva allungato la "a" creando un cuoricino rosso. Era un disegno meraviglioso.

«Sei bravissimo». Mi aiutò ad alzarmi e me lo coprì.

«Mi raccomando, deve stare coperto e devi metterci questa». Mi passò la pomata. Annuii.

«Va bene», spostai il peso da un piede all'altro.

«Che c'è?», chiese aprendo la porta.

«Non so come funziona. Insomma, chi devo pagare?», chiesi.

Gli altri erano sul divano a chiacchierare. Joey se ne stava un po' in silenzio seduta sulla poltrona.

«No», disse lui.

«No cosa?». Ora ci guardavano.

«Non voglio che mi paghi il tatuaggio». Scossi la testa.

«Non se ne parla nemmeno, dimmi quanto ti devo e non fare il bambino».

Prese una birra dal frigobar dietro il piccolo bancone.

«No». Sbattei i piedi e qualcuno rise, compreso Landon. «Stai per caso sbattendo i piedi come una bambina viziata?».

Sbuffai. «Non mi piace sapere che devo qualcosa a qualcuno».

Landon sorrise e mi passò la birra che aveva aperto. La presi.

«So cosa puoi fare per me». Sogghignò.

«Spara», dissi.

«Domani mattina sono in spiaggia e domani pomeriggio qui. Di conseguenza la sera vorrei proprio rilassarmi, *quindi*...». Il sorriso gli si allargò. «Potresti raggiungermi qui e poi andiamo a mangiare qualcosa insieme, per le sette».

«Offro io?». Lui scosse la testa e io corrugai la fronte.

«Non ha senso, Landon, così mi sentirò doppiamente in debito».

Rise. «Ti sdebiti facendomi compagnia, Haley. Non accetterò soldi da te». Si sporse sul bancone.

«Allora?», chiese.

Portai la birra alla bocca e ne sorseggiai un bel po' cercando d'ignorare le risatine degli altri e lo sguardo di Landon che sembrava mangiarmi con gli occhi.

«Bene», dissi.

Mi fece l'occhiolino, girò intorno al bancone e mi cinse un fianco con la mano libera facendomi poggiare a lui. Mi irrigidii e lui sorrise compiaciuto mentre il mio corpo era in fiamme. «Andiamo nel pub qui vicino, quindi vestiti comoda. Quando ti porterò sul serio a cena ti verrò a prendere a casa, saremo elegantissimi e ti terrò la portiera aperta».

Cercai di non guardarlo. Una ragazza entrò e parlò con Alex. Era bellissima e il suo abito succinto lasciava poco all'immaginazione.

«Landon», lo chiamò Alex. Lui mi baciò sulla guancia.

«A domani».

Mi lasciò andare e io mi sentii liquefatta e intontita. Mi avvicinai agli altri e Tom mi guardò facendomi un cenno al polso, così mi avvicinai.

«Ha fatto un bel lavoro», disse serio, poi sorrise. «Ma, davvero, avrei preferito che aveste dato sfogo alla passione che c'è tra di voi. È terribile starvi vicino». Gli feci la linguaccia e ritrassi il braccio.

«Lasciala in pace», lo ammonì Terry dandogli un buffetto, e lui si mise a ridere. Joey si alzò.

«Andiamo?», disse. Era tesa come una corda di violino. «Ho fame».

Salutò e si diresse verso la porta. Guardai Terry alzare le spalle mentre Tom fissava la mia migliore amica, poi si alzò e andò nel suo studio. Appena uscite era tornata la Joey di sempre e volle subito guardare il mio polso. Sgranò gli occhi.

«È bellissimo», disse.

«Cosa succede tra di voi?», le chiesi.

«Tra chi?».

9

«Non fare la finta tonta, Joey, fra te e Tom, che succede?».

Alzò le spalle. «Assolutamente niente».

La guardai e feci su e giù con la testa. «Mmm-mmm».

Andammo al centro commerciale e mangiammo al fast food. Passammo il pomeriggio tra un negozio e l'altro e ci tagliammo i capelli. Io me li feci spuntare e mi feci fare una bella frangia scalata. Poi a tutte e due manicure, pedicure e un bel trattamento al viso. Tornammo verso casa. «Ah, adesso sì che mi sento un'altra», disse Joey.

Le sorrisi. «Anch'io».

Stavo veramente bene ed ero rilassata. Avevo il mio primo tatuaggio e tanti bei vestiti. Per un attimo mi sentii una normalissima ventenne. Avevo sentito molto la mancanza di quella me. Libera, spensierata e frivola. Non avevo pensato all'incidente nelle ultime ore, non avevo pensato a niente, solo alle frivolezze a cui una normale ragazza dovrebbe pensare, ma io non ero una ragazza normale. Erano passate da poco le dieci quando attraversai il cancelletto di casa, al buio, perché non avevo lasciato le luci esterne accese. I sensori avevano smesso di funzionare e non pensavo che avrei fatto così tardi. Arrancai verso la porta utilizzando la torcia del telefono, poi sentii un fruscio. Mi affrettai a prendere le chiavi di casa.

«Hales». Mi bloccai e mi voltai seguendo quella voce. James uscì dall'ombra e mi guardò. Non riuscivo a parlare né a muovermi. Lui fece un passo avanti.

«Ho bisogno di parlarti», disse barcollando un po'.

«Sei ubriaco?», chiesi e lui scosse la testa. «A me sembra di sì. Va' via James». Mi feci coraggio, mi voltai per prendere le chiavi ma il mio ex ragazzo mi afferrò per il braccio obbligandomi a voltarmi verso di lui. Non era come con Landon, che mi richiudeva il polso in una morsa ma senza farmi male. James stringeva forte, troppo, e cercai di divincolarmi. «Lasciami, mi fai male».

Tenendomi stretta si avvicinò ancora e io andai a sbattere contro la porta, mi bloccò il braccio sopra la testa.

«Tu non capisci, io sono qui per te».

L'alito gli puzzava di whiskey, girai la faccia, con l'altra mano mi bloccò il braccio libero.

«Sei qui per me? Sul serio? Per questo ci provi spudoratamente con la mia amica?».

La rabbia mi montava dentro e volevo che lui mi lasciasse in pace. Ribattere non era certo il modo migliore per allontanarlo, ma ne avevo abbastanza di lui e dei suoi casini.

«Ci stiamo solo vedendo di tanto in tanto, Haley. Sono qui da poco, è te che voglio».

Il polso dove quella mattina avevo fatto il tatuaggio cominciò a pulsarmi.

«Io no», dissi. «Io non voglio nemmeno che mi stai vicino», sbottai, e lui si agitò ancora di più. Forse la mia non era stata proprio una mossa intelligente. «Senti, ne parliamo domani, quando sarai sobrio».

Scosse la testa. «Non posso, non capisci? So che sei troppo arrabbiata con me e non riuscirò mai a parlarti da sobrio. Ho bisogno di rimettere le cose a posto, voglio tornare con te, non so perché ho fatto quelle cose con Jenny».

Scossi la testa e cercai di divincolarmi, riuscivo a stento a trattenere le lacrime. Poggiò il suo corpo sul mio, il telefono mi cadde. Mi guardò e io cercai di trattenere le lacrime, ma mi conosceva abbastanza da sapere quando ero sull'orlo di una crisi di pianto. Mi lasciò andare le braccia e prima che potessi fare qualcosa le sue labbra furono sulle mie, fece scivolare una mano sul mio collo mentre spostò l'altra sulle mie gambe nude.

«No!». Lo respinsi, lui barcollò e cadde a terra.

Aprii la porta di corsa e mi infilai dentro sbattendola. Mi accasciai contro la porta, mi portai le ginocchia al petto e piansi. Lo sentii battere alla porta e chiamare il mio nome insieme a un sacco di "ti prego" e "mi dispiace". Il mio telefono era rimasto fuori, per terra, e pregavo che lui non lo prendesse e soprattutto speravo di non averlo rotto. Una mezz'ora più tardi non lo sentii più e mi addormentai sul pavimento. Mi svegliai solo quando sentii suonare alla porta. Temevo fosse di nuovo James, infatti urlai: «Va' via! Basta, ti prego». Sentii bussare piano.

«Haley». Riconobbi quella voce. «Apri». Mi alzai piano.

«Landon?», chiesi nonostante sapessi chi fosse.

«Aprimi». Mi guardai i polsi che da rossi stavano diventando viola.

«Aspetta».

Corsi di sopra e infilai la felpa che avevo addosso la sera prima. Scesi di sotto e gli aprii. Era immobile davanti alla porta con il mio telefono in mano.

«Cosa cazzo è successo?». Battei gli occhi.

Aveva la mascella serrata, gli occhi sembravano aver preso fuoco e io guardai il mio telefono.

«È conciato male?», chiesi e lui me lo passò. Lo schermo era frantumato.

«Mi è caduto». Mi spostai dalla porta per permettergli di entrare. Lui si guardò in giro alla ricerca di non so cosa. «Lan».

Si voltò. «Perché mi hai risposto in quel modo? Chi credevi che fossi?». Mi grattai nervosa la testa.

«Nessuno», risposi, e andai in cucina.

«Nessuno? Tu rispondi così a tutti quelli che bussano alla tua porta?». Mi voltai e aprii il frigo, chiusi gli occhi.

«Non è successo niente». Lui mi raggiunse costringendomi a guardarlo.

«Ti prego, se è successo qualcosa devi dirmelo». Mi

implorava con gli occhi, ma come potevo dirgli che il mio ex mi aveva teso un'imboscata, era ubriaco e mi aveva messo le mani addosso pregandomi di perdonarlo?

«Ho detto che non è successo niente». Landon annuì e serrò la mascella.

«Quindi il telefono ti è caduto fuori casa e tu l'hai lasciato lì, poi sei entrata e hai pianto e non volevi farmi entrare perché non è successo niente?». Annuii consapevole che stavo confermando delle assurdità.

«Cazzo Haley, ogni volta che sembra che facciamo un passo avanti torniamo indietro». Scosse la testa e non lo seguii con lo sguardo, sentii solo la porta sbattere e lanciai contro il muro il bicchiere accanto al lavello. Avevo il respiro accelerato, ero arrabbiata. James si metteva sempre in mezzo, rovinava sempre ogni cosa. Prima di distruggere altro mi assicurai di chiudere a chiave la porta di casa e salii di sopra, mi buttai sul letto e restai lì, raggomitolata in posizione fetale aspettando di sprofondare nel sonno. Ancora una volta mi alzai sentendomi scuotere, aprii gli occhi spaventata, mi divincolai.

«Sono io! Va tutto bene». Mi sentii stringere e riconobbi l'odore di zio George, così lo lasciai fare. «Volevo assicurarmi che ieri sera fossi tornata a casa, non volevo andare via in quel modo ieri mattina».

Mi baciò i capelli e io chiusi gli occhi, ero esausta, volevo dormire per una volta senza avere incubi. «Potresti prendere quelle gocce di cui ti aveva parlato il medico», suggerì mio zio mentre facevamo colazione.

Scossi la testa. «Non se ne parla». Una volta tornata a casa dall'ospedale avevo continuamente gli incubi, mi svegliavo in piena notte chiamando mia madre, urlando, e zia Tess si era rivolta a un medico che le aveva consigliato dei calmanti che mi ero sempre rifiutata di prendere.

«Sai tesoro, queste gocce possono aiutarti». Così aveva detto la psicologa. «Ti aiuteranno a superare questa cosa, almeno per un po'». La guardai in cagnesco, avrei voluto prenderla a schiaffi. *Superare la cosa?* Da quando la morte della propria madre è diventata una *cosa?* Il flaconcino era ancora intatto nell'armadietto del bagno.

«Sembri veramente sconvolta e c'è un bicchiere in frantumi in cucina. C'è forse qualcosa di cui dovremmo parlare?». Scossi ancora la testa.

«È stata davvero una pessima serata, non mi va di discuterne». Mi alzai e portai il mio piatto in cucina. Presi la scopa e la paletta per ripulire il disastro.

«Va' a fare una doccia, ci penso io». Si alzò e mi tolse dalle mani la scopa.

«Ok», dissi stancamente e mi trascinai di sopra stando attenta al tatuaggio e mi infilai in doccia.

Mi coprii con l'asciugamano e mi sedetti sul letto guardandomi i polsi. Non era esattamente una bella visione. C'erano grossi lividi violacei e mi facevano male. Il tatuaggio era intatto ovviamente, ma un livido lo copriva interamente rendendolo un po' gonfio e pulsante. Il mio telefono dallo schermo in pezzi trillò.

ZIA TESS: *Non mi abituerò mai a questi orari.* Risi.

IO: *Problemi con il jet lag?*

ZIA TESS: *Mi ucciderà!*

IO: *Te la caverai! Baci e abbracci.*

ZIA TESS: *Cerco di dormire un po', più tardi provo a chiamarti... Baci.*

Cercai nell'armadio una maglia leggera a maniche lunghe, non potevo nascondere i lividi con dei semplici polsini. Indossai la maglietta rossa di cotone con lo scollo a V, degli shorts bianchi e legai i capelli in una coda disordinata. Il telefono suonò, guardai lo schermo, James, non risposi. Scesi di sotto.

«Stai bene con i capelli così», mi prese in giro zio e gli sorrisi.

«Grazie». Bussarono alla porta e io sussultai. Zio guardò prima me e poi la porta. Deglutii a fatica.

«Salve, sto cercando Haley». Zio George si voltò a guardarmi e io incrociai lo sguardo di James.

«È tutto a posto zio, va' pure, starò bene». Annuì e lo lasciò entrare. Chiuse la porta mentre andò via. James aveva un aspetto orribile, era bianco in viso e aveva delle brutte occhiaie, non aveva dormito un granché, ben gli stava.

«Cosa vuoi?». Fece un passo verso di me e io ne feci uno indietro. «Non azzardarti ad avvicinarti, dico sul serio». Lui annuì e mi guardò.

«Scusa». Scossi la testa.

«Ultimamente non fai altro che scusarti». James annuì ancora.

«Ho sbagliato, ho sbagliato mesi fa e ho sbagliato

ieri sera. Dio, Hales, mi sento così in colpa». Si prese il viso fra le mani.

«Ieri sera hai davvero esagerato». Si sedette sul divano.

«Non lo sopporto, non sopporto l'odio dei tuoi occhi quando mi guardi, non mi parli, non mi tocchi, non sei mai vicina a me, mi fa impazzire».

Sbuffai. «Avresti dovuto pensarci prima, non trovi?»

«Lo so».

Strinsi i pugni. «No, tu non sai niente». Mi guardò. «Tu non sai cosa significa perdere la tua migliore amica e il tuo ragazzo all'improvviso, quando pensavi che andasse tutto bene. Mi avete tradito, mi avete fatto a pezzi e non vi è importato. Avete ostentato il vostro rapporto anche davanti a me, senza preoccuparvi di come mi sentissi».

Si alzò. «Mi dispiace, ti prego, Hales, ti prego».

«Siete venuti a quello stupido falò sul lago solo per farmi un dispetto, non è vero?».

Sgranò gli occhi, si avvicinò e io feci ancora un passo indietro.

«Ti prego, non pensare neanche per un minuto una cosa del genere, ci siamo comportati da idioti, ma quella sera Jenny mi aveva pregato di andare, tu sei stata il mio unico pensiero, stavo già tornando in me e mi sentivo un perfetto stronzo».

Mi sentii gli occhi pizzicare. «È colpa vostra se ho chiamato i miei genitori. Ve ne stavate lì a sbaciucchiarvi avvinghiati e mi faceva schifo, non volevo più rimanere, mi sentivo ferita. Se non fosse stato per voi non avrei mai chiamato mia madre, se non fosse stato per te lei sarebbe ancora viva».

Sgranò gli occhi e aprì la bocca.

«Non puoi pensarlo sul serio». Fu quasi un sussurro.

«Se te lo sto dicendo significa che è proprio così che la vedo», sbottai.

«Cazzo, Hales». Si avvicinò di più e mi ritrovai bloccata fra lui e il muro, ancora una volta.

Lui si abbassò appena cosicché i nostri volti fossero l'uno di fronte all'altro.

«Non è stata colpa mia quella notte. Potevi comportarti da adulta e non da bambina viziata che chiama i genitori. Potevi affrontare la situazione».

Ora ero io quella con gli occhi sgranati e li sentii inumidirsi.

«Ma tu sei mia, hai capito Hales? Se così non fosse allora lo capirai».

La porta si spalancò e sussultammo entrambi nel vedere Joey dentro casa. I capelli legati in una coda alta, un top che le lasciava scoperta la pancia e dei pantaloncini a vita bassa.

«Fuori di qui». Guardò James dritto negli occhi e lui spostò lo sguardo su di me.

«Adesso», disse lei e sentii la sua rabbia come se fosse la mia. Si staccò dal muro e andò via. Joey chiuse la porta e sentii il suo sguardo su di me. Ero esausta. Non chiudevo occhio da giorni, anzi da settimane. Gli incubi ti sfiancano, e le parole di James mi colpirono come un pugno nello stomaco. Mi ero data la colpa per quella notte, ma la parte peggiore l'avevo scaricata su James e Jenny, era molto più semplice così. Lui però aveva ragione e io torto, avrei dovuto comportarmi da persona matura, invece mi ero comportata da idiota. Era colpa mia, tutta colpa mia. Quella verità mi colpì forte e le gambe cedettero. Caddi a terra e sentii Joey chiamarmi, mi scuoteva, la guardavo ma non sentivo niente, nessuna emozione, era come se fosse morta di nuovo, come tornare indietro nel tempo. *Zia Tess piangeva, zio George tentava di consolarla e io ero sdraiata sul letto dell'ospedale con degli aghi infilzati da tutte le parti. Un tubicino drenava il liquido entrato nei polmoni dopo che la costola rotta l'aveva perforato. La testa mi doleva per via della commozione celebrale, eppure dopo che mia zia aveva detto che la mamma non ce l'aveva fatta io non avevo sentito più niente, era come se si fosse creata una bolla ed ero di nuovo lì dentro.* Guardai Joey, i suoi occhi pieni di apprensione, continuava a chiamarmi e io volevo dirle che sarebbe andato tutto bene, che sarei stata bene, invece tutto diventò nero e sprofondai.

Landon

Ero impegnato a tatuare il polso del mio migliore amico, ma nonostante cercassi di restare il più concentrato possibile finivo sempre col pensare ad Haley. Perché mentirmi? Mi crede uno stupido, forse? Quando arrivai a casa sua la sera prima con tutte le buone intenzioni come vedere un film, mangiare qualcosa, portarla nella sua camera da letto e farle dimenticare come si chiama, insomma tutto mi sarei aspettato tranne di trovare a terra il suo telefono e di sentirla spaventata in quel modo. Quando finalmente mi aprì mi guardai subito intorno, ma la casa sembrava perfettamente in ordine mentre lei era sconvolta. Gli occhi erano gonfi di lacrime e aveva il viso rigato di nero, si stringeva nella felpa come se l'unica cosa che volesse fare in quel momento era fuggire a gambe levate ed era molto stanca. Ovviamente non poteva rendermi le cose semplici dicendomi cosa fosse successo, no, ha annuito alle assurdità che le ho detto e ho sentito la rabbia ribollire dalla testa ai piedi, così ho messo in atto uno dei metodi che quella specie di consulente che mi è stato assegnato dal giudice mi ha insegnato.

«Landon, è scientificamente provato che abbiamo un quarto di secondo per scegliere la reazione giusta davanti a un'emozione, rabbia compresa». "Fottiti" fu il mio primo pensiero.

«Certo», fu quello che dissi.

Decisi di mettere in pratica le sue parole, come ogni volta che vedevo Logan e l'istinto di finire quello che avevo iniziato sembrava prendere il sopravvento. In questo caso chiusi gli occhi e cercai di concentrarmi sugli esercizi di respirazione. *Uno, due, tre, quattro, cinque, sei, sette, otto, nove, dieci.* Espirai piano e uscii di casa sbattendo involontariamente la porta, be', fu più o meno un gesto involontario. Mi controllai però fino a quando non raggiunsi la jeep. A quel punto scaricai tutta la mia tensione sul cofano della macchina, finendo per ammaccarlo e per farmi male a una mano.

«Sei silenzioso», disse Tom mentre con un po' di garza e disinfettante eliminai l'inchiostro in eccesso e mi ritenni soddisfatto della bella àncora che gli avevo disegnato.

«Sto bene», dissi senza troppi giri di parole.

Mi tolsi i guanti e li buttai nel cestino della spazzatura vicino alla postazione.

«Sembra dolorante», disse facendo cenno alla mia mano un po' ammaccata.

«Tom lascia stare, sul serio». Si alzò e osservò il nuovo tatuaggio prima di metterci la crema e coprirlo.

«Era da un po' che non perdevi il controllo». Mi passai nervoso una mano tra i capelli.

«Mi ha mentito, spudoratamente. Mi ha guardato negli occhi e mi ha detto una cazzata», dissi serrando i pugni.

«Stiamo parlando di Haley?», chiese come se non fosse già abbastanza ovvio.

«Sono andato da lei ieri sera e l'ho trovata sconvolta, in lacrime. So che è successo qualcosa, Tom, ma non me ne vuole parlare, preferisce mentirmi. Cristo santo, ma come ho fatto a ficcarmi in una situazione simile?».

Tom aggrottò la fronte e si sistemò il cappello da baseball nero.

«Io non so esattamente cosa le sia successo, ma so che si porta addosso un fardello pesante».

«Bene», lo interruppi. «Sono disposto a caricarmi anche il suo fardello sulla schiena, non mi importa. Quello che mi interessa è averla vicino, mi sento meglio quando c'è lei».

Lui sospirò sedendosi sulla mia poltrona girevole.

«Prova a parlarle, Joey dice che è diversa quando è con te», disse serio.

«Non dirle che te l'ho detto», aggiunse e sorrisi.

«Da quand'è che tu e Joey avete ricominciato a chiacchierare?», gli chiesi incrociando le braccia al petto.

«Non stavamo parlando di me», puntualizzò.

«Abbiamo parlato troppo di me e devo capirci qualcosa prima di poter continuare questa conversazione». Stava per dire qualcosa quando la piccola piercier dai capelli blu elettrico fece capolino nella stanza.

«Tom, ho bisogno che mi porti in un posto».

Mi guardò e indicò la mia mano. «Carina la mano, pugile».

Sbuffai e mi misi a pulire la postazione prima dell'arrivo del cliente.

«Dove devi andare, principessina rock?», le chiesi e lei

guardò Tom gettandogli un'occhiata d'intesa che lui però non colse.

«Devo andare a sbrigare una faccenda e mi serve lui», disse indicando il nostro amico che sembrò più confuso di prima.

«È proprio necessario? Ho un paio di clienti e tu hai i tuoi, non possiamo andare più tardi?», si lamentò lui. Terry lo fulminò con lo sguardo.

«Qualunque cosa debba fare a quanto pare non può aspettare, quindi ti conviene andare sennò ti ci porta a calci nel sedere». Tom si alzò sbuffando.

«Mi auguro che sia importante come dici». Si girò e mi fece un cenno.

«Metti qualcosa sulla mano o alla prossima riunione John ti costringerà a raccontare tutte le tue emozioni agli altri», disse ridendo mentre seguiva Terry fuori dallo studio. Mi buttai sulla poltrona dietro la scrivania e presi il telefono.

SHAILA: *Ci facciamo un giro al pub questa sera?*

Lei era la tipica ragazza che se la chiamavi perché avevi voglia di fare sesso allora non faceva domande, non diceva di no e ti faceva passare una piacevole serata. Non ero più stato con lei né con nessun'altra dopo aver conosciuto Scheggia. Non perché fossi diventato improvvisamente un santo, ma semplicemente perché l'unica che desideravo era lei. Questo però non aveva fatto altro che rendere le cose più difficili. Secondo John c'erano alcuni metodi efficaci per controllare la rabbia, non che io ne avessi veramente bisogno, tranne quando mi ritrovavo davanti certi pezzi di merda che pur combinando casini di dimensioni enormi riuscivano sempre a cavarsela, mentre io rimanevo intrappolato nei miei problemi nonostante tutte quelle ore di training di gruppo. Comunque sia, i metodi che ripeteva in continuazione erano: andare a correre, concentrarsi sulla respirazione, prendere a pugni i cuscini e urlare. Nessuno di questi metodi però mi aiutava a controllare la rabbia ogni volta che quel farabutto si trovava nelle vicinanze, così, puntualmente, andavo via con qualcuna. Non importava come si chiamassero, che lavoro facessero o quale fosse il loro colore preferito. Contava solo che mi spegnessero un po' il fuoco che avevo dentro. Con Haley invece era diverso. Mi interessava sapere qual era il suo colore preferito, che tipi di ciambelle le piacessero, dov'era cresciuta, cosa rendeva quegli occhi così tristi. Volevo sapere in quali posti baciarla per farla rabbrividire, volevo farla gemere. Con Haley il fuoco non faceva che ardere di più, ma lei non mi voleva quanto la volevo io, e avrei anche potuto aspettare, ma ero pur sempre un uomo con le sue necessità.

IO: *Ci vediamo alle 7.*

10

Quando aprii gli occhi ero stesa sul divano, qualcuno mi stava schiaffeggiando e avevo qualcosa di freddo e bagnato sulla fronte.

«Sei qui, oddio, per fortuna sei tornata». Sbattei le palpebre diverse volte e guardai le due facce chine su di me. Terry e Joey mi guardavano spaventate. Cercai di mettermi seduta, ma mi girò la testa e qualcuno mi bloccò le spalle.

«Piano». Mi voltai e vidi Tom seduto sul braccio del divano che cercava di non sembrare preoccupato. Guardai Joey.

«Hai chiamato l'intero stato della California?».

Mi sorrise e mi abbracciò. «Per fortuna sei tornata te stessa, mi hai spaventata a morte, tu… tu mi guardavi completamente priva di espressione, sembravi in coma, e poi sei svenuta e nel panico ho chiamato Terry che si è portata dietro lui». Indicò Tom che si mise le mani sul petto.

«Ehi! Ora sì che mi ferisci». Risi e poi guardai Terry che sembrò capire subito quale fosse la mia preoccupazione.

«Adesso stacca al Tattoo e va in spiaggia. Ti va di dirmi cos'è successo?». Guardai Joey.

«Non credo sia una buona idea, si agiterebbe». Tom annuì.

«Joey ha ragione, lasciamole sole ora». Si alzò.

«Tom?». Lo chiamai e lui si voltò e mi sorrise.

«Starò muto, ma non ho mai avuto segreti con il mio migliore amico, quindi sei in debito con me». Annuii.

Andarono via e Joey prese un succo dal frigo e me lo passò.

«Quanto hai sentito?», le chiesi e lei alzò le spalle.

«Sono arrivata quando tuo zio è andato via, quindi tutto».

«Mi dispiace», le dissi e lei scosse la testa.

«È uno stronzo e non aveva diritto di dirti quelle cose». Era così arrabbiata da diventare rossa.

«Ma aveva ragione, ho dato la colpa alle persone sbagliate». Scosse la testa e stava per replicare ma la bloccai. «Non voglio parlarne ora».

«Hales?». La guardai. «Ti prego, dimmi che non è stato lui a farti quei lividi». Aprii la bocca sorpresa e lei mi guardò triste. «Ti avevo scoperto i polsi per bagnarteli con dell'acqua e li ho visti, ma li ho coperti quando sono arrivati Tom e Terry».

Mi guardò preoccupata e io distolsi lo sguardo. «Ieri sera l'ho trovato qui fuori, ubriaco e fuori di testa, ha stretto troppo».

«È così che ti si è rotto lo schermo del cellulare?». Annuii.

«Lo odio! Io lo ammazzo, qui non sei al sicuro, dovremmo fare dei turni per starti vicino e non lasciarti sola».

«Non mi farà del male», la rassicurai o forse cercavo di rassicurare me stessa.

«Landon non sa niente, vero?»

«Ieri sera è passato, mi ha trovato in condizioni pietose e non gli ho detto quello che è successo. Credo che ora si senta preso in giro, ho fatto un casino». Mi abbracciò.

«Dici che dovrei andare stasera?». Mi strinse ancora un po'.

«Non credo che sarà di buon umore e magari litigherete, però è meglio che vai. Può darsi che farà finta di nulla, anche se non so quanto resisterà davanti a tutti questi segreti. Lo stai mettendo a dura prova». Sospirai, aveva dannatamente ragione.

Cinque minuti prima delle sette ero davanti al negozio che camminavo avanti e indietro mentre cercavo di capire cosa fare. Entrare o non entrare? Parlargli? Forse ero stata sfacciata a presentarmi dopo avergli mentito così spudoratamente, dopo che era andato via nero di rabbia. Sbuffai.

«Hai intenzione di consumare quei bei sandali?». Mi girai e vidi Terry poggiata allo stipite della porta che mi guardava.

Mi ero messa una camicetta leggera, un po' larga, color pesca, a maniche lunghe per coprire i polsi, una gonna di jeans bianca e un paio di sandali senza tacco marroncino chiaro allacciati sulla caviglia, intonati alla piccola borsa a tracolla.

«Dài, entra, lui ha quasi finito».

Si spostò dalla porta per farmi entrare e io guardai prima lei e poi la porta, poi di nuovo lei e infine Terry mi trascinò a forza dentro tenendomi per il gomito.

«Che hai?»

«Forse non vuole vedermi», sussurrai.

«Chi non vuole vederti?».

Tom comparve da sotto il bancone del piccolo bar.

«Hai le orecchie bioniche? L'ho praticamente sussurrato», dissi gesticolando e lui si mise a ridere.

«Stai bene?». Lo zittii.

«Zitto, non voglio che lui...». Mimai la seconda porta, aperta. «...senta».

Tom alzò gli occhi al cielo e mi si avvicinò.

«Mi stai forse dicendo che non posso chiedere a un'amica come sta?».

Terry lo spinse e lui rise. «Lasciala in pace, non lo vedi quanto è tesa?».

Lui mi guardò pensieroso. «Anche Lan oggi non è di ottimo umore». Si picchiettò il mento con il dito. «Non c'entrerai mica tu?».

Prima che potessi rispondere Landon uscì dal suo ufficio stiracchiandosi e con quel gesto si scoprì la pancia e il ventre, visto che i suoi jeans neri erano a vita bassa. Avrei dovuto regalargli una cintura. Mise giù le braccia non appena mi vide e si sistemò la camicia a scacchi rossa e nera.

«Sei qui», mi disse, come se volesse confermare il fatto che io fossi effettivamente lì. Alzai la mano.

«Presente». Mi sforzai di sorridere, ma lui ricambiò

appena e spostò lo sguardo su Tom che sembrò trattenere a stento una risata.

Sentii aprire la porta ed entrò Shaila col suo corpo fasciato in un minuscolo vestito e scarpe altissime ai piedi. Si era arricciata i capelli lunghi quasi quanto i miei e andò dritta verso Landon ignorando praticamente tutti noi altri. Io e Terry ci scambiammo un'occhiata, Landon s'irrigidì e mi guardò, Tom si limitò a grattarsi la testa rasata.

«Allora, sei pronto?», chiese lei e lui la guardò e poi guardò me e a quel punto lei si girò e mi squadrò. Per un attimo pensai che mi volesse incenerire con lo sguardo.

«Senti Shaila», iniziò a dire Landon e allora tutto mi fu chiaro. L'aveva chiamata per "rilassarsi", convinto del fatto che io non sarei tornata. Aveva ragione, non facevamo nemmeno in tempo a fare un passo avanti che già tornavamo indietro. Lui mi guardò.

«Bene», dissi io all'improvviso e presi Terry per mano.

«Andiamo?», le dissi e lei mi guardò perplessa.

«Certo».

Stava diventando proprio una mia cara amica. Mi precipitai fuori, lo stomaco in subbuglio, volevo tirare un pugno in faccia a quello stronzo. Lo vidi uscire dalla porta e io mi incamminai.

«Haley, aspetta!». Scossi forte la testa continuando a camminare e poi lui mi prese per il polso e io lanciai un gridolino, così Landon mollò subito la presa.

«Non è il polso con il tatuaggio».

«Sì, lo so», sbottai.

«Haley, io non…». Lo bloccai.

«Non c'è bisogno che tu dica nulla, avevi ragione, facciamo un passo avanti e dieci indietro».

Mi guardò. «Ho fatto una cazzata», disse abbassando la testa.

«Chiederò a Terry quanto può costare più o meno il tatuaggio e lascerò a lei i soldi».

Alzò di nuovo lo sguardo su di me.

«Non se ne parla neanche, ti ho detto che era un regalo».

«No, hai detto che potevo sdebitarmi, ma ti sei tirato indietro». Mi si avvicinò e chiuse gli occhi.

«Ero arrabbiato, va bene? So che è successo qualcosa ieri e tu mi hai tagliato fuori, mi tagli sempre fuori e allora l'ho chiamata, ma solo per uscire. Haley, non sono più stato con nessuna da quella mattina in spiaggia».

«Non voglio passarci ancora, non voglio un altro ragazzo che giochi con me, o ci sei o non ci sei, e tu ovviamente non ci sei».

«Landon!». Sentii quel fastidioso squittio.

«Non farla aspettare». Anche Terry e Tom uscirono e subito dopo Alex chiuse il negozio. Landon era in mezzo, io da un lato, Shaila dall'altro. Terry si avvicinò a me e Tom guardò di traverso l'amico mentre mi raggiunse e mi passò un braccio intorno alle spalle. Sbattei gli occhi, perplessa.

«Noi andiamo al Morgana. Se vuoi raggiungerci…», disse e poi si avvicinò al mio orecchio e sussurrò: «Però chiamiamo Joey». Risi e Landon lo guardò in cagnesco.

«Ciao», disse Terry salutandoli con la mano e ci voltammo per andare via, il braccio di Tom ancora intorno a me. Questa volta non aveva scelto lui e nemmeno io. Non so cosa Tom avesse in mente, ma aveva scelto lui. Mi infilai nella Porche di Tom, restando a bocca aperta.

«Ora tu chiami Joey e le dici che fra cinque minuti siamo lì», disse guardandomi dallo specchietto retrovisore e mi affrettai a chiamarla e soprattutto a convincerla.

«Ma questo Morgana è il locale dove mi sono autodistrutta al mio compleanno? O meglio, dove Joey mi ha fatto a pezzi?», chiesi mentre aspettavamo la mia amica davanti casa sua. Tom annuì.

«Esatto, è quello». Aveva un sorriso a trentadue denti e qualcosa mi diceva che c'entrava l'arrivo di Joey. Terry si spostò dietro vicino a me non appena la vedemmo uscire di casa. Aveva i capelli sciolti e lisci. Indossava un vestitino nero senza spalline e degli stivaletti bassi estivi. Eyeliner e rossetto. Tom saltò praticamente fuori dalla macchina e si passò una mano sulla testa sistemandosi nervosamente il cappello e io e Terry ci scambiammo un'occhiata d'intesa. Tom fece il giro della macchina e le tenne la portiera aperta, lei si sedette e ci guardò male, io alzai le spalle mentre Terry le fece l'occhiolino. Tom salì e chiuse lo sportello.

«La cintura, splendore», disse a Joey che si affrettò ad allacciarla.

Tom partì a razzo. Joey mi passò il borsellino dei trucchi e il mio documento falso che aveva conservato lei. Mi misi un po' di mascara e il lucidalabbra. Arrivammo in poco tempo visto che Tom aveva dimenticato il piede sull'acceleratore. C'era sempre molta gente, era venerdì, quindi c'erano anche molti studenti universitari. Scendemmo, Tom e Joey davanti a noi. Facemmo di nuovo il giro da dietro e Joey parlò ancora con il buttafuori che ci fece entrare da lì. Sentii Tom mormorarle qualcosa e lei sorrise prima di rispondergli, ma non capii. Una volta dentro la musica era altissima e la pista affollatissima. Questa volta non c'era nemmeno un tavolo libero.

«Andiamo noi a prendervi da bere», urlò Tom indicando sé stesso e Joey.

«Ma cosa succede fra quei due?», urlai a Terry che alzò le spalle.

«Non ne ho idea, direi che superano anche te e Landon. Devo assolutamente trovarmi qualcuno per questa notte». Mi misi a ridere e poco dopo si avvicinò un ragazzo, pieno di tatuaggi e qualche piercing. Le fece un gran sorriso che lei ricambiò, le diedi una gomitata spingendola verso di lui. In macchina si era cambiata le scarpe. Al posto delle All Star ora aveva tacchi altissimi blu elettrico, in tinta con i suoi capelli. Indossava una gonna scura di jeans e un top a fascia trasparente dietro, dello stesso colore delle scarpe. Stava benissimo. Io rimasi sola e poi mi ritrovai a fissare una maglietta rossa che si era materializzata davanti a me. Inclinai la testa all'insù e Logan mi guardò sorridendo e mi porse una mano. Io ricambiai il sorriso e gli permisi di prendermi per mano. Con tutti i casini che avevo per la testa lui era il mio ultimo pensiero, ma Landon non voleva che lui mi girasse intorno e nemmeno che io gli stessi vicino e questo mi sembrava un motivo piuttosto plausibile per accettare il suo invito. Ci gettammo nella mischia e io alzai le braccia e dimenai i fianchi. Lui poggiò una mano sul mio fianco e si avvicinò, era bravo a ballare, poi si chinò vicino al mio orecchio.

«Niente babysitter questa sera?», mi urlò e io scossi la testa.

«Non ho una babysitter», risposi. Mi strinse ancora più vicino a lui e la mano dal fianco scese un po' più giù.

«Mi sembrava di sì, è sempre nei paraggi quando ci sei tu».

Alzai le spalle disinvolta. «È uscito con un'altra».

Il suo sorriso si allargò e si avvicinò ancora finché i nostri corpi si toccarono.

«Bene».

11

Only you (Drawing North)

Ballammo un po' e poi lasciai la pista e raggiunsi gli altri al bancone. Feci segno a Logan di seguirmi, ma lui scosse la testa.

«Dopo».

Andai da loro, Joey mi passò da bere e notai che Tom era nervoso.

«Che c'è?», gli chiesi visto che mi guardava torvo.

«Perché balli con quel bastardo?», mi chiese con la voce un po' dura. «Sono sicuro che Landon ti avrà detto di stargli lontano». Guardai Joey che strinse le labbra.

«Perché non dovrei? Stavo solo ballando, mica ha ucciso qualcuno». Dissi qualcosa di sbagliato perché Joey si strozzò e Tom s'irrigidì e strinse la mano libera in un pugno.

«Ho bisogno d'aria», disse e si fece largo a spallate fra la folla.

«Ma che ha?»

«Non è colpa tua», rispose Joey attorcigliandosi una ciocca intorno al dito. «Vedi, Tom ha perso la sua sorellina perché un pirata della strada l'ha investita».

«Oh mio Dio, mi dispiace così tanto, però non capisco, cosa c'entra Logan?».

La voce si spense e lei annuì.

«Tutti sanno che è stato Logan. Il fatto è che suo padre è capo della polizia distrettuale e non ci sono prove contro di lui. Molta gente l'ha visto, ma nessuno parla».

Mi portai una mano alla bocca. «Merda».

«Non è colpa tua, non potevi saperlo». Bevvi il drink tutto d'un fiato. Ora sì che mi sentivo un'idiota.

«Quanti anni aveva?», le domandai.

«Sei». Era orribile. «Vado a parlargli, tu non ti muovere», disse sorridendo e si allontanò.

Tornarono un paio di drink più tardi e io ero meno lucida. Appena si avvicinò al bancone scesi dallo sgabello e gli buttai le braccia al collo.

«Scusa», dissi, lui guardò Joey e poi mi abbracciò.

«Va tutto bene, non avrei dovuto prendermela con te e tu sei un po' brilla». Sciolse l'abbraccio.

«Non è venuto», dissi sospirando. «E non voglio più aspettare», continuai.

«Guarda». Mi indicò qualcuno che si avvicinò a noi barcollando.

«Ciao», borbottò prima di abbracciarmi.

«Sei ubriaco», dissi, e lui incastrò perfettamente la testa nel mio collo.

«Mi stai facendo impazzire», disse Landon baciandomi il collo e io rabbrividii.

«Devi tornare a casa», mormorai. «Sei con la tua macchina? Perché non ti sei fatto accompagnare dalla tua amichetta?».

Lui si spostò per guardarmi in faccia. «Sì alla prima domanda, invece alla seconda rispondo che l'ho scaricata e ci sono rimasto male che non mi avete invitato a venire con voi, così sono andato a bere da un'altra parte». Barcollò un po' all'indietro e Tom lo agguantò dalla maglietta.

«Devo portarlo a casa».

«No», risposi. «Lo accompagno io, gli devo un favore, voi divertitevi e assicuratevi che Terry stia bene, non si vede da un po'».

Uscimmo dal locale e raggiungemmo a stento la sua jeep.

«Dove sono le chiavi?»

«In tasca», rispose lui ammiccando.

«Prendile».

Lui scosse la testa. «Prendile tu», disse alzando le mani. Fantastico.

«Dai Lan, non fare lo stupido», scosse la testa e mi indicò la tasca anteriore dei jeans.

Nel frattempo si era poggiato alla jeep. Mi avvicinai e allungai una mano, poi avvampai e per un attimo escogitai un modo doloroso per fargliela pagare, ma quando gli infilai la mano nella tasca dei jeans attillati e mugolò qualcosa, tutti i miei piani andarono a farsi benedire. Riuscii a prendere le chiavi senza incespicare in qualcos'altro. Sentivo il cuore battere forte e il suo calore mi aveva già pervasa tutta. Lo misi in macchina con un po' di fatica e gli allacciai la cintura.

«Non mi ricordo la strada per andare a casa tua», gli dissi e annuì.

«Te lo dico io».

Riuscimmo ad arrivare a casa, dopo aver imboccato qualche strada sbagliata. Lo aiutai a scendere. «Sto meglio», disse.

«Si vede», lo presi in giro. Una volta davanti alla porta d'ingresso si voltò a guardarmi.

«Sono bello». Mi morsi un labbro per non ridere di fronte a una tale affermazione, non perché non fosse vero, porca miseria era uno spettacolo persino da ubriaco, ma perché lo disse con una tale sicurezza che avrebbe convinto chiunque.

«Dico sul serio», continuò. «Sono bello, ho due lavori, sono un artista fottutamente bravo, ho una buona reputazione». Alzai un sopracciglio per l'ultima sua constatazione. «Più o meno», si corresse grattandosi la testa. «Quello che cerco di dirti è», prese un bel respiro, «perché non mi vuoi? Ho un sacco di lati positivi, so anche di essere impulsivo, sono un casinista, ma, Haley, che ho che non va? Non sono abbastanza per te? Certo che non lo sono». Si poggiò alla porta, mentre boccheggiavo in cerca d'aria.

«Non sei tu Lan, sono io».

«Questa frase la uso io quando voglio scaricare qualcuna». Alzai gli occhi al cielo. Come poteva pensare di non essere abbastanza?

«Io dico sul serio quando lo dico. Oltre ad essere bello e ad avere un lavoro, come hai sottolineato tu, sei gentile, premuroso, divertente. Io no, sono a pezzi e non so se tornerò mai quella di prima».

Lui si staccò dalla porta e mi prese il viso fra le mani,

raccogliendo con i pollici le mie lacrime ribelli. «Mi manchi, non importa se mi hai mentito, mi mancano i tuoi occhi, vorrei poter far passare tutta la tristezza che ci vedo dentro».

Era esasperato e triste e lo era così tanto che si ruppe ancora qualcosa in me, un altro muro crollò e il motivo era sempre lo stesso, era sempre lui.

«Dobbiamo entrare», gli dissi non riuscendo più ad affrontare l'argomento.

Chiuse gli occhi, come se gli facesse male guardarmi, prese le chiavi di casa e me le passò. Landon entrò dopo di me e poi accadde l'imprevedibile. Richiuse la porta dietro di lui e sentii la sua presa salda intorno al gomito, mi fece indietreggiare e finì con lo sbattermi contro la porta. I suoi occhi verdi bruciavano di passione e rabbia. Pensai che mi avrebbe dato fastidio, invece mi eccitò. Mi mise una mano sulla nuca e prima che potessi dire o fare qualcosa la sua bocca fu sulla mia, più forte che mai, la sua lingua giocava con la mia, e il contatto con il piercing mi fece andare su di giri. Fu come ricevere una scarica di adrenalina, non c'era modo di fermarsi. Mi poggiò una mano sulla coscia e mi alzò, senza sforzo. Lo circondai con le gambe e la gonna si alzò coprendo a malapena gli slip di pizzo bianco che indossavo. Grugnì infilandosi fra le mie gambe e un sospiro di piacere mi uscì dalla bocca. Si staccò dalla porta e lo sentii salire su per la scala a chiocciola. Non mi guardai intorno perché ero fin troppo impegnata a stringerlo a me e a toccare i muscoli contratti delle sue braccia. Aprì una porta e poco dopo finii sul letto, indietreggiai fino alla spalliera, lui si tolse la camicia e mi divaricò le ginocchia facendosi spazio. Mi accarezzò la guancia. I miei occhi trovarono i suoi che diventarono scuri come quel giorno nella cabina, ardevano dal desiderio. Passai le dita sul suo petto, osservando il nuovo tatuaggio che l'ultima volta aveva coperto. Ci passai sopra le dita, lui rabbrividì e io sorrisi. Sotto quelli che dovevano rappresentare dei lembi strappati di pelle si vedevano tre costole, poi un'altra, ma era spezzata, sotto c'erano diversi ingranaggi e metallo, alzai lo sguardo, mi stava osservando, mi sorrise e poi si lanciò di nuovo sulla mia bocca. Facevo fatica anche a riprendere fiato e presto sentii le labbra gonfie. Gli morsi un labbro e lui rise. Mi mise una mano sul seno e inspirai. Sembrava che il mio corpo non aspettasse altro che Landon. Iniziò a baciarmi il collo, poi il lobo dell'orecchio ed emisi un gemito di piacere. Alzò gli occhi su di me.

«Voglio sentirlo ancora», disse aiutandomi a togliere la maglia e delicatamente tolse anche il reggiseno.

Mi baciò il seno e io gemetti. Con l'altra mano mi stringeva la coscia, ma poi salì per sbottonarmi la gonna. Lo aiutai a sfilarla. Invertii i ruoli e mi ritrovai su di lui, i miei capelli nascosero i nostri visi come una tenda. Con una mano percorse la mia schiena e lasciò una scia di fuoco al suo passaggio. Lo sentii duro in mezzo alle mie gambe e gli slacciai la cintura. Lo volevo. Con tutta me stessa. Eravamo un po' ubriachi, lui più di me sicuramente, io quel giusto per non crearmi inutili paranoie. Volevo respirare e per me lui era proprio l'aria di cui i miei polmoni avevano bisogno. Si sfilò i jeans e rimase in boxer. L'unica barriera fra noi erano le nostre rispettive mutande. Mi mise una mano dietro la nuca e avvicinò la mia bocca alla sua mentre con la mano libera mi accarezzò il seno. Riprese il comando mettendosi sopra di me e levandomi le mutandine.

«Sei bellissima», disse accarezzandomi tutta e io inarcai la schiena.

Avvertii la sua mano in mezzo alle gambe e stuzzicò la mia parte più calda mentre con la lingua mi tracciava il contorno dei capezzoli. Gemetti ancora e fui più che pronta. Lui se ne accorse e allora si sfilò i boxer, allungò una mano verso il comodino, aprì il cassetto e ne tirò fuori un profilattico. Lo mise e mi guardò, mi baciò l'angolo della bocca e io ero così pronta per lui che anche quel tocco leggero mi fece impazzire. Gli cinsi i fianchi con le gambe per fargli capire cosa volevo, lui sorrise e poi entrò dentro di me, piano. Mi riempì così lentamente che temetti di scoppiare. Fu lui a gemere questa volta, mi guardò con gli occhi lucidi mentre una goccia di sudore gli scivolava lungo la tempia. Mi sporsi per baciargli appena il collo e a quel contatto entrambi trattenemmo il respiro. Uscì da me e poi rientrò con più forza questa volta, aumentando il ritmo fin quando mi ritrovai a urlare il suo nome. Rotolò al mio fianco e mi fece poggiare al suo petto, il suo cuore batteva forte, proprio come il mio, mi strinse più vicino a sé e mi baciò i capelli.

«È stato straordinario», disse e io alzai la testa per guardarlo.

«Sei bellissimo», dissi e lui mi sorrise prima di chiudere gli occhi.

Mi accoccolai fra le sue braccia e ci addormentammo insieme. Quella fu la prima notte, dopo mesi, che non ebbi incubi. Mi svegliai con il profumo di caffè che stuzzicava il mio olfatto, mi stiracchiai e allungai la mano, sperando di trovarci Landon che ovviamente non c'era. Mi alzai e presi la sua camicia da terra. L'abbottonai e mi guardai intorno. Era una stanza piuttosto ordinaria. C'era un letto, che sembrava un disastro, un armadio a muro, due comodini ai lati del letto. Tutto in stile moderno. C'era anche un'altra porta dalla quale probabilmente si accedeva al bagno. Uscii dalla stanza e scesi dalla scala, anche se notai che saliva ancora di un piano. Aveva acceso la radio e si sentiva odore di caffè e frittelle. Mi dava le spalle in cucina mentre era impegnato ai fornelli e io mi poggiai al muro per osservarlo. Sorrisi. Aveva la schiena nuda e dei bermuda. Si muoveva a ritmo di musica e non riuscii a non ridere. Si voltò a guardarmi.

«Buongiorno, Scheggia».

Mise le ultime frittelle su un piatto e le poggiò sul banco. Fece il giro e mi venne incontro. «Dopo averti vista con la mia maglietta di Spiderman addosso pensavo che non potessi essere più sexy, ma ovviamente mi sbagliavo», mi cinse i fianchi e mi baciò.

«Mangiamo».

Avevo una gran fame così mi sedetti e iniziai a mangiare quell'ottimo cibo. Era bello, sexy e sapeva cucinare. Non c'era modo di uscirne salve. Landon restò piuttosto silenzioso.

«C'è qualcosa che non va?», gli chiesi, ma lui si limitò a scuotere la testa.

Ora non ero abbastanza ubriaca da evitare le paranoie che quindi presero il sopravvento. Avevo fatto qualcosa di sbagliato? Non gli era piaciuto tanto quanto a me? Ma aveva detto che era stato straordinario, forse lo aveva detto solo perché era ubriaco, forse aveva ottenuto ciò che voleva da me e ora non sapeva come dirmi di andare via, si stava comportando solo in maniera gentile. Sentii gli occhi riempirsi di lacrime e mi odiai per essere diventata così emotiva. Prima non ero il tipo dalla lacrimuccia facile, ma dopo aver perso la mamma era come se quei dannati rubinetti non riuscissero più a chiudersi. Non volevo fare la figura della ragazza scaricata e ferita, che mi vedesse piangere o che si dispiacesse per me. Certo, avevamo fatto sesso, però non doveva sentirsi obbligato a fidanzarsi con me, anche se mi ero resa conto che lui era tutto ciò che volessi davvero. Mi alzai cercando di coprirmi il volto con i capelli lunghi, ero pronta a correre, ma non sarei uscita di casa indossando solo la sua camicia. Mi avviai veloce verso il soggiorno, ma lui fu più veloce di me e mi prese per il gomito.

«Ferma». Si alzò e mi si piazzò davanti. Abbassai lo sguardo e sentivo gli occhi bruciare, cercai di ricacciare indietro le lacrime. Landon si abbassò e mi guardò in faccia.

«Guardami. Haley, ho detto di guardarmi». Alzai lo sguardo e incontrai i suoi occhi. Aggrottò la fronte. «Potresti spiegarmi, per favore, a cosa stai pensando?»

«Non mi vuoi».

Le parole uscirono fuori ancora prima di poterle fermare e lui sgranò gli occhi e poggiò la mano sinistra sull'altro mio braccio.

«Cosa?», mi chiese. Annuii.

«Sì, sei freddo e sembri arrabbiato con me. Sei silenzioso, mi stai scaricando, non sono una stupida». Non riuscii a fermare le lacrime che iniziarono a rigarmi le guance. Landon mi guardò un attimo, si mise dritto e serrò la mascella. Mi poggiò entrambe le mani sulle guance. Mi guardò intensamente, più serio che mai, attirò il mio viso al suo e mi baciò, mi divorò e io iniziai a sentire caldo. I miei seni risposero al bacio e mi sentii fremere in basso. Lui si staccò e io ripresi fiato.

«Ti sembra che non ti voglia?», mi chiese a un centimetro dalla mia bocca.

«Allora che succede?», chiesi mordendomi il labbro e lui poggiò lo sguardo sulle mie labbra, poi espirò piano e si scostò.

Mi prese delicatamente la mano sinistra e io seguii con lo sguardo la sua mano che mi accarezzava, poi aprì il bottone della camicia intorno al polso. Chiusi gli occhi. Ero rimasta completamente nuda davanti a lui, se non se n'era accorto ieri sera era ovvio che avesse notato i lividi la mattina. Mi accarezzò delicatamente il polso, dove i lividi si stavano schiarendo.

«Hai idea dello spavento che ho preso stamattina?».

Aprì il bottone anche dall'altra parte e liberò anche il polso destro. Mi baciò dolcemente il tatuaggio ancora un po' gonfio, poi mi guardò.

«Temevo di essere stato io, ma pare che questi lividi si siano formati già da qualche giorno. Mi ero svegliato perché avevo sete e li ho notati non appena mi sono alzato. Sono in piedi dalle cinque». Guardai l'orologio alla parete che segnava le dieci. Erano cinque ore che si tormentava, per me, temendo persino di essere stato lui, per colpa mia, perché qualche giorno prima non gli avevo detto ciò che era successo. Se era lui che volevo non potevo dirgli bugie e nemmeno nascondergli le cose, lo avrei solo allontanato da me.

«È successo la sera che sei venuto da me». Mi sedetti sullo sgabello e Landon mi guardò. «Dopo che mi hai fatto il tatuaggio, sono stata in giro con Joey, abbiamo mangiato fuori e quando siamo tornate era buio. Le luci esterne erano spente e mi sono servita della torcia del telefono. Mentre cercavo le chiavi James mi ha sorpresa alle spalle».

Si appoggiò al muro davanti a me.

«Che voleva? È stato lui?»

«Vuole tornare con me, ed era piuttosto ubriaco, ha stretto troppo», dissi sollevando i polsi.

«Perché non me l'hai detto? Lo faccio a pezzi quel bastardo».

Si spostò dal muro stringendo i pugni e iniziò a fare avanti e indietro. Scesi dallo sgabello e lo presi per mano.

«Per questo non te l'ho detto, non volevo che ti arrabbiassi». Si fermò e mi prese il volto fra le mani, poi si piegò finché non ci ritrovammo occhi dentro occhi.

«Nessuno, e dico nessuno, deve alzare un dito su di te. Dovevi parlarmene».

Scossi la testa. «Lascialo perdere».

Mi abbracciò e io respirai un po'.

«È successo altro? Con lui, quella sera?». La voce era un misto di rabbia e timore.

«No, Lan».

Gli misi le braccia intorno al collo e la camicia si alzò abbastanza da scoprirmi i glutei che le sue mani trovarono subito.

«No, non mi ha fatto niente. Ieri mattina poi è passato da casa e abbiamo avuto una discussione che è andata degenerando, ma è arrivata Joey e lo ha cacciato via. Non mi sono sentita molto bene, così Tom, Terry e Joey si sono presi cura di me e tutto è andato a posto».

Mi guardò perplesso. «Tom?».

Guardai da un'altra parte. «Forse non avrei dovuto dirti che c'era».

«Non mi ha detto niente».

Lo strinsi forte «Gliel'ho chiesto io».

Sorrise appena. «È un bravo amico», disse e poi serrò le mascelle. «Non voglio che ti si avvicini ancora quel James, non mi piaceva quando girava intorno a Joey e mi piace ancora meno adesso».

Sciolse l'abbraccio, strinse di nuovo i pugni e si avviò in sala.

«Mi cambio e vado a dirgli due cose». Iniziò a salire le scale e gli corsi dietro.

«No, Landon, lascia stare, ti prego», piagnucolai.

Lui entrò in camera e prese una maglia dall'armadio.

«Haley, ho una gran voglia di spaccargli la faccia. Ti ha messo le mani addosso. Lo rispedisco subito nel posto da cui è venuto. Non permetterò più a nessuno di passarla liscia per aver fatto del male a qualcuno a cui tengo».

Fui in preda al panico. Se non lo avessi fermato la situazione avrebbe preso una brutta piega e in più cercai di capire a chi si stesse riferendo, ma in quel momento la cosa più importante era non farlo uscire. Gli tolsi la maglietta dalle mani e la buttai sul letto, lui mi guardò e io mi avvicinai.

«Cosa fai?», chiese, e risposi allungandomi sulle punte e baciandolo, le mie mani sul suo petto, poi intorno al collo e gli saltai sopra. Lo colsi di sorpresa ma lui mi prese comunque al volo. Ero completamente nuda sotto, quindi la mia pelle calda e bagnata sbatté contro il suo ventre. Mi attraversò un'ondata di piacere e lui grugnì.

«Non è una mossa leale», mi disse e io gli sorrisi. «Dio, Haley, è il sorriso più sexy e pericoloso che abbia mai visto».

Mi buttò sul letto e io mi tolsi la sua camicia. Landon mi guardò.

«Vuoi proprio farmi impazzire allora». Si adagiò su di me, accarezzandomi. «Ti pentirai di avermi distratto in questo modo». Lo guardai corrugando la fronte. «Sul serio», fece un sorriso malizioso.

Le mani che erano sul mio ventre si spostarono più in basso ed entrò in me con due dita, prendendomi alla sprovvista. Mi morsi il labbro e buttai la testa indietro gemendo. Quello fu il pentimento più bello della mia vita.

12

Dopo aver fatto una bella doccia lunga, mi vestii e uscimmo. Era ormai primo pomeriggio e Landon doveva andare al lavoro.

«Mi uccideranno», dichiarò una volta in macchina. «Ed è tutta colpa tua», aggiunse mentre assunsi un'aria offesa.

«Non mi lasciavi vestire».

«Be', era uno spreco farlo. Sei splendida nuda».

Parcheggiò davanti casa di zia Tess.

«Non mi piace lasciarti qui da sola», dichiarò e io mi sporsi dal sedile per baciarlo.

«Starò bene, tu vai a lavoro tranquillo, chiamerò Joey».

Sorrise e mi baciò più profondamente, la sua lingua mi bramava, così dovetti sforzarmi veramente molto per staccarmi.

«Finirai per non andare al lavoro». Mi prese dalla nuca per avvicinarmi a lui.

«Non voglio andare».

Risi. «Vai o ti licenzieranno».

Alzò le spalle. «Non posso licenziare me stesso».

Lo guardai perplesso. «È tuo?»

«Mio e di Tom».

«Allora perché fai anche il bagnino?».

Alzò di nuovo le spalle. «C'erano molte belle ragazze da salvare». Stavo per andarmene e lui mi cinse i fianchi.

«Ma ho chiamato per informare che ho trovato la mia bella e che ormai abbiamo ingranato al Tattoo, quindi ho lasciato perdere». Lo guardai torvo e Landon sorrise. «Passo alle sette questa sera, mia cara, ti porterò a cena fuori, vestiti bene». Scesi dalla macchina.

«A stasera», dissi. Mi fece l'occhiolino e partì.

Entrai in casa e accesi il portatile aspettando la chiamata di zia Tess. Mi versai del tè freddo e mi sedetti sullo sgabello dell'isola in cucina. Non appena vidi la foto di mia zia in veste professionale premetti il tasto verde.

«Ripetimi ancora una volta perché ho deciso di venire in questo posto». Mi venne da ridere nel guardare la sua espressione afflitta.

«Perché è un'occasione incredibile che capita a pochi, zietta». Sbuffò.

«Voglio il sole, voglio andare in spiaggia, ma basta lamentarsi. Cosa combini tu? Stai facendo cose pericolose ora che non sono lì?». Alzai gli occhi al cielo.

«Sto facendo la brava».

«E quel sorriso da dove sbuca?». Sbattei più volte le palpebre. Non mi ero resa conto di avere un sorriso ebete in faccia.

«Hales», disse. Sentii le guance prendere fuoco e sperai che lei non lo notasse.

«Va tutto bene, stanno cambiando un po' di cose». Annuì.

«Ed è un bene?», mi chiese poi un po' titubante.

«Sì, è un bene, non pensavo che sarei stata di nuovo così». Sorrise, era dispiaciuta e allo stesso tempo contenta per me.

Non ho mai immaginato zia Tess come una madre; magari come una complice sì, o come una sorella. Non pensavo però che le avrei mai visto quell'aria di mamma preoccupata stampata in faccia.

«Te lo meriti tutto, tesoro. Ho sentito la mia amica nel Vermont e l'ho avvisata del tuo trasferimento, quindi tieniti pronta, il college ti aspetta!».

Fece l'annuncio alzando le braccia in aria e riuscì a strapparmi un sorriso.

«Dio zia, sei più felice di me», risposi ridendo, poi intrecciai le dita sotto il mento. «Piuttosto, signorina, è passato un certo *George* di qua e sembrava molto, *molto* dispiaciuto». Questa volta fu lei ad alzare gli occhi al cielo.

«Hales», mi rimproverò anche se iniziò a muoversi irrequieta sulla sua poltrona.

«Che c'è? Dicevo così tanto per dire».

«*Princesa*?». Sentii la voce di Rosa all'entrata.

«Sono in cucina».

«È arrivata Rosa, ci sentiamo appena puoi, zia». Annuì.

«Ok, ma sta' attenta. Ti voglio bene, bambina».

Dopo averla salutata abbassai lo schermo del PC. Rosa entrò in cucina con in mano una teglia che conteneva qualcosa di buono.

«Pasticcio», rispose lei. Chiusi il computer e le baciai la guancia.

«Sei *muy guapa* quando sorridi». Assaggiai il pasticcio che era ancora nella teglia e Rosa mi colpì con il mestolo. Mi misi a ridere.

«Ahi! Rosa!». Scosse la testa. Mise un po' di pasticcio in un piatto e io ci affondai la faccia.

«*Es muy delicioso* vederti *felis*, *princesa*. Tengo che pulire la casa *ahora*». Annuii e lei sparì.

Una volta finito di mangiare chiamai Joey che arrivò dopo neanche due minuti. Quando aprii la porta mi abbracciò e iniziò a gridare e io, piena di gioia, la presi per mano e iniziai a ridere e gridare con lei mentre saltellavamo come due pazze. Rosa scese a controllare e scrollò la testa quando ci vide, liquidandoci con un gesto della mano. Le avevo accennato qualcosa nella telefonata ma lei aveva tratto le sue conclusioni.

«Oh mio Dio, Haley sei finita nel letto di Landon Carter», squittì Joey. «Porca miseria».

Mi guardò con un sorriso malizioso.

«E dimmi, è bravo come dicono?». Increspai le labbra leggermente infastidita, ma poi alzai gli occhi al cielo. «Cancella l'ultima parte», si corresse subito. «È bravo?». Sorrisi e lei mi abbracciò. «Sono così felice per te, tutto si sta sistemando».

«Voi cos'avete combinato?», le chiesi mentre salivamo in camera per scegliere il vestito che avrei indossato quella sera. Alzò le spalle.

«Niente, abbiamo ballato un po' e fatto un giro, niente di particolare». La guardai di traverso mentre aprivo l'armadio.

«Mi nascondi qualcosa per caso?».

Si alzò e venne verso di me con un largo sorriso. «Avanti, spostati, scelgo io il vestito giusto per questa sera».

Passammo il pomeriggio a chiacchierare, poi feci la doccia depilandomi accuratamente e Joey mi arricciò i capelli. Indossai un vestito nero con le maniche in pizzo e una profonda scollatura sulla schiena, senza reggiseno. Era stretto fino al seno e cadeva morbido fino a metà coscia. Misi delle décolleté nere e dei bracciali che Joey mi aveva prestato. Erano grandi, eleganti e soprattutto coprivano i lividi. Misi l'eyeliner, il mascara e il rossetto. Presi la pochette e scesi le scale cinque minuti dopo aver ricevuto il messaggio di Landon che era sotto casa, non perché non fossi pronta, ma perché volevo farlo attendere un po'. Joey gli aprì la porta e quando scesi dalle scale schiuse appena la bocca e sbatté gli occhi, così mi venne da sorridere. Era bellissimo. Indossava una camicia nera, sbottonata appena sul collo, pantaloni kaki e scarpe nere. I capelli erano in ordine e la barbetta che aveva la mattina era sparita. La sua acqua di colonia mi inebriò la mente. Mi accorsi appena di Tom, vicino a Joey. Landon mi raggiunse in fondo alle scale e allungò la mano verso di me, io la presi divertita mentre faceva un piccolo inchino. Mi baciò, un bacio leggero, breve.

«Non voglio toglierti già il rossetto e se non ci sbrighiamo non usciremo di qui fino a domani», bisbigliò al mio orecchio, e sentii i brividi percorrermi la schiena e il solito calore in mezzo alle gambe.

«Sì, hai proprio ragione».

Tom e Joey uscirono di casa con noi, dalla porta che dava sulla strada. Loro due erano piuttosto silenziosi, poi Joey ci salutò e si avviò verso casa e Tom ci guardò. «Buona serata, ragazzi», disse e corse dietro alla mia amica. Noi ci scambiammo un'occhiata.

«Ma che succede fra quei due?», chiesi e lui si limitò a scuotere la testa.

«Non ne ho idea», rispose. Poi notai che non era venuto con la jeep, ma in limousine e io lo guardai sbalordita.

«Lan», dissi e lui sorrise.

Dalla macchina uscì l'autista che si affrettò ad aprirci la portiera.

«Signorina Haley, è un piacere conoscerla, io sono Fred e sarò il vostro autista».

Fred era un uomo alto e robusto, dalla pelle scura. Era vestito come gli autisti che di solito vedevo nei film con la divisa nera elegante e il cappello.

«Piacere mio, Fred», dissi.

Landon gli diede una pacca e si dissero qualcosa che non compresi. Non ero mai stata in una limousine e rimasi affascinata. I sedili in pelle erano comodissimi, c'era un piccolo televisore e da bere. Landon prese una bottiglia e due calici.

«Champagne, Scheggia?». Ma quanto aveva speso per questa serata?

«Lan, non dovevi». Lui sorrise e alzò le spalle.

«Non preoccuparti».

Aprì la bottiglia e riempì i calici, brindammo a noi e sorseggiammo lo champagne che mi fece rilassare. La limousine si fermò e Fred ci aprì la portiera. Eravamo nel quartiere più elegante di Santa Monica. Poco più avanti, la strada era chiusa alle macchine. C'erano fontane molto eleganti e una serie di ristoranti chic, però Landon mi indicò l'edificio davanti a noi. Sembrava una chiesa, ma l'insegna, perfetta per quel tipo di palazzo, diceva "Royal Inn". Era grande, anzi enorme, dallo stile vittoriano, con vetrate riccamente decorate. Landon mi prese a braccetto e salutò Fred.

«A dopo, signorino Carter».

Mi voltai a guardare Lan. «*Signorino* Carter?». Lui rise e andammo verso l'entrata dell'hotel.

Il portiere ci tenne aperta la porta e fece un leggero inchino.

«Lieto di rivedervi, signorino Carter. Buonasera, signorina».

Landon gli strinse la mano e io mormorai un "salve". Se da fuori quell'edificio mi era sembrato bellissimo e maestoso, non avevo parole per descriverne l'interno. A destra si trovava la reception e un'enorme libreria occupava l'intera entrata. C'erano libri ovunque e avrei tanto desiderato sfogliarli uno a uno.

«È bello vedere ancora qualcuno meravigliarsi davanti a tutti questi libri». Spostai controvoglia lo sguardo dalla libreria verso quella voce maschile e mi accorsi che un uomo e una donna ci venivano incontro.

Landon andò ad abbracciare un signore alto quanto lui, magro, brizzolato e dagli occhi verdi identici ai suoi. Mi sembrò quasi di vedere Landon nel futuro. Poi abbracciò una donna alta quanto me con i tacchi. Era molto bella. Aveva i capelli castani legati in un'acconciatura elegante. Gli occhi scuri pieni di lacrime. Sembrava più giovane dell'altro signore. Indossava un tailleur rosso e le scarpe in tinta.

«Mamma non fare così, mi metti in imbarazzo».

Quasi mi venne un colpo. Era sua mamma? Quindi, senza preavviso, stavo conoscendo i suoi genitori?

«Mamma, papà lei è…».

La madre finì la frase: «Haley», e io annuii.

«Salve», dissi allungando la mano, ma lei non sembrò vederla e mi strinse a sé.

«È veramente un piacere conoscerti», disse e ricambiai l'abbraccio.

Aveva un buon profumo, il profumo rassicurante da mamma. Era bello ritrovarsi nelle braccia di una madre e dentro di me sentii qualcosa di bello, tutto sembrava andare al suo posto, proprio come avevo intuito la notte prima, quando mi ero lasciata andare con Landon. Anche il padre mi abbracciò.

«Non fare caso a mia moglie, Lily è sempre stata un tipo sentimentale», disse sorridendomi. «Io sono John Carter». Landon mi prese per mano.

«Il vostro tavolo è pronto», disse la mamma guardando le nostre mani intrecciate.

Landon mi guidò nel ristorante dell'hotel. Due camerieri ci aprirono le ante di una porta maestosa. Mi ritrovai davanti una scena mozzafiato. Candele accese dappertutto e, su quello che immaginai il nostro tavolo, bellissime rose rosse al centro e candele ai lati. La stanza era bianca, il soffitto in legno pregiato, il pavimento invece era a scacchi bianco e nero come all'entrata. I tavolini erano rotondi, massicci e la tovaglia rossa come le grandi tende di velluto alle finestre. Landon mi spostò la sedia e io mi sedetti, poi si sedette di fronte a me.

«Ti sto spaventando?», chiese titubante. Sorrisi.

«Un po'», risposi sincera e lui mi prese la mano.

«I tuoi lavorano qui?», chiesi, ma visto che avevano chiuso l'intera sala solo per noi capii che non era proprio così. Scosse la testa.

«No, sono i proprietari». Mi studiò.

«Porti qui tutte le ragazze per impressionarle?», chiesi e lui si mise a ridere.

Il cameriere ci interruppe portandoci i menù.

«Dall'espressione di mia madre ti sembrava abituata a una cosa del genere?». Effettivamente non potevo negare che la mamma era molto emozionata e sorpresa.

«A cosa pensi?», mi chiese e alzai le spalle.

«Che di te so solo che le ragazze ti cascano ai piedi, che hai un negozio e che sei molto bravo a letto». Mi morsi il labbro.

«Cosa vuoi sapere?».

Il cameriere tornò per l'ordinazione, ma io non avevo nemmeno guardato il menù e Landon gli disse che si fidava del cuoco. Poco dopo ci portò del vino rosso e ci riempì i bicchieri.

«Facciamo un gioco. Io faccio una domanda a te e tu ne fai una a me. Se non vuoi rispondere mandi giù un intero bicchiere di vino».

Lo guardai. «Vuoi mandarmi in coma etilico?», chiesi, e lui rise.

«Allora rispondi così non sei costretta a bere. Comincia tu».

Lo guardai. «Perché non lavori qui con i tuoi?».

Alzò le spalle. «Facile, non amo questo lavoro, sono un ribelle». Ammiccò e io alzai gli occhi al cielo.

«Bene bene, cara la mia infermiera, tornerai nel Vermont a studiare?».

Scossi la testa. «No, a settembre riprenderò gli studi a Santa Monica. Resterò qui se è quello che vuoi sapere».

Rise. «Perspicace». Il cameriere arrivò con i nostri piatti.

«Lasagnette di parmigiana di melanzane con passata di pomodoro e olio al basilico». Ci mise i piatti davanti e sembravano davvero la fine del mondo.

«Quanti anni hai, Landon? Dovrei saperlo visto che esco con te, non voglio ritrovarmi a uscire con un vecchio».

«Mi sembra ovvio, ho venticinque anni, tesoro. Sono abbastanza giovane per te?».

Sorrisi. «Devo pensarci, bene allora...». Mi bloccò. «Non imbrogliare, è il mio turno».

Scossi la testa. «Mi hai appena chiesto se mi va bene la tua età. Era una domanda quella», dissi piuttosto compiaciuta.

«Sei troppo furba per stare con me». Risi e poi mi resi conto di ciò che aveva detto. Stavo con lui?

«Sto con te?», chiesi di getto e lui poggiò la forchetta e mi prese per mano.

«Tesoro, tu stai con me dal giorno in cui mi sei venuta vicino per salvarmi, pessima infermiera fra l'altro». Sbuffai e aprii la bocca per rispondere, ma lui alzò il dito. «Questa sera ufficializziamo soltanto il nostro rapporto».

Arrossii e il cameriere ci tolse i piatti e arrivò poco dopo con il secondo.

«Coscette di pollo in porchetta su un letto di patate mantecate al prezzemolo e crema di peperoni», annunciò. Landon riempì i bicchieri vuoti.

«Mi hai detto che per James è normale provarci con le tue amiche. Cosa significa?». Avevo bisogno di bere per rispondere a quella domanda.

«Devi bere tutto d'un fiato se non vuoi rispondere», disse lui e io scossi la testa.

«Ho intenzione di risponderti, signorino Carter». Scosse la testa sogghignando. «Allora, l'ho conosciuto al college, ci siamo messi insieme e diciamo che lui stava con me, ma nei momenti liberi si dava da fare con Jenny, la mia migliore amica».

Mi guardò. «Che stronzo». Alzai le spalle, aveva ragione, ma non aveva senso fomentare il nervoso che gli stava salendo.

«Bene, visto che parliamo di ex, cosa c'è stato fra te e Shaila?». Mi sistemai nervosa sulla sedia mentre il cameriere prendeva i nostri piatti.

«Desiderate il dolce?», chiese.

«Ti piace il tiramisù?», mi domandò e io annuii. Il cameriere capì al volo e si allontanò. «Tra me e Shaila non c'è niente. Decisamente non siamo ex. Usciamo insieme a volte, come amici, e siamo stati a letto, ma mai insieme, io non sono mai stato insieme a nessuna. Tu sei la mia prima ragazza». Disse l'ultima frase fissandomi negli occhi e anche se provavo un po' di gelosia per ciò che c'era stato con Shaila la mia mente era concentrata su quelle ultime parole. «E ho tutte le intenzioni di far sì che tu sia anche l'ultima», aggiunse lasciandomi a bocca aperta. «Perché non hai voluto fare il bagno con me?». Ecco una domanda a cui non volevo rispondere.

«Ma se stamattina abbiamo fatto la doccia insieme», puntualizzai nel tentativo di distrarlo, ma lui fece di no con la testa.

«Non imbrogliare, la regola è una e la conosci». Non sapevo se volevo rispondere. Arrivò il tiramisù.

«Ho paura dell'oceano», risposi, stavolta senza guardarlo in faccia.

«Da quanto vi conoscete con Tom?». Il lato della bocca si alzò in un sorriso ed ecco la fossetta.

«Da quando eravamo ragazzini». Pensò a qualcosa di felice perché i suoi occhi brillarono.

«A casa di tua zia ho visto delle foto tue in acqua. Cos'ha scatenato questa paura?». Aveva fatto la domanda giusta.

Mi concentrai a guardare la fiammella della candela che bruciava. Non volevo rispondere, avrei rovinato la cena iniziando a piangere o dando di matto, così presi il bicchiere e bevvi il vino che dopo il tiramisù aveva un pessimo sapore. Landon abbassò lo sguardo, c'era rimasto male, lo stavo chiudendo fuori un'altra volta. Si alzò e mi aiutò ad alzarmi. Mi prese per mano e uscimmo dal ristorante. Pensavo che stessimo andando via, invece mi portò verso l'ascensore.

«Dove andiamo?», chiesi e lui mi guardò.

«Vedrai».

Notai la madre fissarci, gli occhi pieni d'amore. Quanto mi mancava quello sguardo. Salimmo al ventesimo piano.

«Dobbiamo fare a piedi questa piccola rampa di scale», disse indicando la porta in cima alle scale.

«Va bene», risposi.

Restò in silenzio continuando a tenermi per mano. Aprì la porta e una volta fuori non riuscii nemmeno a parlare. C'erano una serie di comodi lettini, ognuno col suo tavolino, e in fondo un piccolo bar e alcuni asciugamani. La fresca brezza mi accarezzò la pelle nuda e io rabbrividii. Lui se ne accorse.

«Aspetta, vado a prendere una coperta». Mi lasciò lì da sola e mi sedetti su un lettino color kaki con dei cuscinetti beige.

C'era anche una piccola piscina e l'acqua brillava al

chiaro di luna. Notai che non eravamo sul tetto, ma in una terrazzina più in basso dalla quale s'innalzavano, a destra, alte mura. Decisi di sedermi sul bordo della piscina. Non mettevo i piedi in acqua da tanto tempo. Prima adoravo la sensazione di leggerezza che mi dava, era incredibile come qualcosa di tanto bello e magico potesse trasformarsi in qualcosa di così orribile e spaventoso. Mi avvicinai alla piscina, ma le scarpe che portavo non erano adatte per camminare lungo il bordo bagnato e scivolai. Finii in acqua e il panico mi assalì. Non ricordai come si nuotava, la paura prese il sopravvento e ricominciai ad avvertire il bruciore nel petto, mi dimenavo ma non riuscivo a uscire. Era come se un peso enorme mi trattenesse sott'acqua e continuavo ad alternare momenti di lucidità a momenti in cui mi sembrava di essere di nuovo in quella macchina, poi rividi la mamma che mi sorrideva. Lei non aveva lottato per uscire, sapeva che non ce l'avrebbe fatta ed è rimasta ferma, calma e così feci anch'io. Smisi di lottare e ricambiai il sorriso a mia madre, forse sarei tornata fra le sue braccia.

13

Avvertii una presa intorno alle spalle e qualcuno mi tirò fuori.

«Haley? Cazzo Haley rispondimi, ti prego».

Avvertii di nuovo la pressione sul petto, lo sentii scuotermi, dovevo aprire gli occhi, sentivo la voce spaventata di Landon, dovevo fare qualcosa, per lui. Iniziai a tossire e buttai fuori l'acqua di troppo. «Sei qui», disse lui, mi passò intorno un asciugamano e mi abbracciò.

«Cristo Scheggia, stai bene? Ti prego dimmi che stai bene», disse mentre mi stringeva al petto.

Gli stavo bagnando la camicia, ma a lui sembrava importare poco.

«Sì», risposi con la voce roca e la gola che bruciava.

«Mi dispiace, non dovevo lasciarti sola».

Come? Si biasimava per quello che era successo? Mi scostai dal suo petto.

«Non è colpa tua, Lan», gli dissi e lui mi guardò, gli occhi pieni di apprensione, mi diede un bacio sulle labbra, poi sul mento, sulle guance, sugli occhi, sulla fronte. Mi sforzai di non ridere, ma fu impossibile. Mi prese in braccio.

«Ti porto in una camera», disse ma io scossi la testa.

«Stiamo qui ancora un po'».

Scosse la testa. «Sei bagnata fradicia e finirai per ammalarti col venticello che c'è stasera. È meglio andare in camera». Gli indicai il lettino.

«Ti prego, voglio guardare le stelle, con te». Lo guardai, implorandolo, così mi fece sdraiare sul lettino, prese il piumone che era andato a prendere prima e si sdraiò accanto a me.

«Vieni qui», disse passandomi un braccio attorno alle spalle e facendomi poggiare la testa sul suo petto.

«Ti bagnerò ancora di più».

«Non importa, se adesso non ti tengo stretta credo che impazzirò».

Era così buono e gentile con me, premuroso come non lo era mai stato nessuno. Avevo riaperto gli occhi per lui, avevo imparato a respirare di nuovo, gli avevo permesso di rimettere a posto una piccola parte del mio cuore a pezzi. Non so come questo si possa chiamare, ma per me era amore ed ero senza dubbio innamorata di Landon. Sospirai.

«Stai bene?», chiese.

«No».

«Chiamo un medico? Cosa senti?». Lo zittii poggiandogli un dito sulle labbra.

«Mi trovavo a un falò al lago. Si trattava di una grande festa che aveva organizzato una confraternita. Partecipò un mucchio di gente. La mattina c'era stato un forte temporale e mia madre mi aveva ripetuto mille volte di non andare, che le strade erano scivolose ed era pericoloso. Le dissi che non c'era nulla di cui preoccuparsi e che doveva stare tranquilla. Andai al lago con le mie amiche. Io e James avevamo rotto da poco e lui e Jenny non facevano altro che sbattermi in faccia la loro relazione». Le immagini di quella notte si affollarono nella mia testa, fu come ritornare lì. Landon mi strinse.

«Mi stavo divertendo ma poi li vidi. Erano addossati a un albero e si davano parecchio da fare, ne avevo abbastanza, faceva troppo male, non sopportavo di vederli insieme, così chiamai mia madre e le dissi che volevo tornare a casa, le raccontai di James e Jenny e lei rispose che sarebbe venuta a prendermi. Mia madre e mio padre arrivarono un'ora dopo e salii in macchina. Mia madre era preoccupata per me e mio padre mi diceva che non potevo chiamarli per cose del genere. Disse che dovevo andare avanti, che ormai ero al college e che dovevo comportarmi da adulta, invece mia madre mi difendeva. Iniziarono a litigare mentre io ero intenta a scrivere un messaggio a un'amica. È stato un attimo». La voce mi tremava e le lacrime cominciarono a scendere calde.

«La macchina slittò sul ponte e finimmo giù, nel lago sotto di noi». S'irrigidì.

«Haley», sussurrò.

«Non avevo la cintura e venni sballottata, la macchina si riempì presto d'acqua e cercai di aprire la portiera, ma il dolore al fianco e al petto erano insopportabili. Mio padre riuscì a uscire, non so neanche come, non ero più tanto cosciente. Ricordo solo che la mamma faceva di no con la testa e puntava me, papà urlava ma dalla bocca non usciva nemmeno un suono, poi mia madre mi guardò, sorrise e mi mimò un “ti voglio bene”. Non ricordo altro», dissi asciugandomi le lacrime con il polso.

«Ricordo poi la pressione al petto, qualcuno che urlava il mio nome e poi mi sono svegliata su un letto d’ospedale, intubata e a pezzi, zia Tess e zio George mi dissero che la mamma era morta e io chiesi di mio padre. Nessuno rispose all’inizio, poi mia zia si fece coraggio, mi prese per mano e disse che lui era in un’altra stanza e che non voleva vedermi. Era già orribile perdere una madre, figuriamoci sapere che mio padre era vivo e che non voleva avere niente a che fare con me. Zia cercò di convincermi che era solo arrabbiato e sconvolto, però non fu così».

Tutto il dolore riaffiorava, ma mi sentivo un po’ più sollevata nel condividerlo con qualcuno, con lui.

«Uscii dall’ospedale diverse settimane dopo, mio padre non mi venne a trovare e non mi permise di tornare a casa. L’ultima cosa che mi disse era che la mamma era morta per colpa mia e che non mi voleva vedere mai più. Ecco perché sono qui e perché ho paura dell’acqua».

Landon si scostò mettendosi sopra di me, poi poggiò la fronte sulla mia.

«Mi dispiace, nessuno dovrebbe affrontare tutto questo e ti prego dimmi che non pensi che sia colpa tua». Mi divincolai e mi misi seduta, mi portai le gambe al petto.

«Haley?».

Mi abbracciai strette le gambe. «Per tutto questo tempo ho incolpato più James che me».

Landon mi coprì con il piumone e mi circondò con le gambe così ci entrò anche lui.

«Lui ha ragione. Quando la situazione è degenerata gli ho detto che la colpa era sua e di Jenny, che se non fosse stato per loro due non avrei chiamato mia madre. Lui invece sosteneva che fosse colpa mia, che avrei dovuto affrontare la situazione da adulta». Iniziai a singhiozzare. «I miei genitori sono venuti per me, mio padre e James hanno ragione, mi sono comportata come una stupida adolescente».

Nascosi il viso tra le ginocchia, ma Landon mi prese le gambe e se le sistemò intorno a lui. Ci incastravamo perfettamente. Mi prese il viso fra le mani e mi guardò dritto negli occhi. Con la notte il suo verde diventava più scuro eppure mi sembrò di scorgere il fuoco che bruciava alto.

«Non è colpa tua, Haley Watson, hai sentito bene? Non è colpa tua».

Scossi la testa, ma lui mi strinse di più il viso per impedirmi di muoverla.

«Si chiamano incidenti perché è esattamente ciò che sono, puoi dare la colpa a te, oppure alla pioggia, o alla strada bagnata o a tuo padre che era distratto oppure al ponte che non ha retto, capisci cosa voglio dirti? Puoi dare la colpa a chi vuoi, ma la colpa non è di nessuno e non cambierà le cose».

Mi baciò e gli gettai le braccia al collo. Mi prese dalle cosce e mi strinse più forte a sé. Sentii la sua parte dura battere contro la mia calda.

«Grazie», mormorai mentre mi dava dei lievi baci sulle labbra. «Hai detto che abbiamo una camera?», gli chiesi alzando un sopracciglio e lui annuì.

Si alzò e mi prese in braccio, continuò a baciarmi mentre scendeva le scale. La nostra camera era proprio lì. Mi indicò la tasca della camicia e ne tirai fuori la tessera, la passai nella serratura e la porta si aprì. La stanza era grande, con un letto alto e pieno di cuscini. Mi adagiò sul letto e si tolse la camicia.

«Dammi il tuo vestito, così lo poggio alla finestra per farlo asciugare». Mi alzai dal letto e mi voltai per fargli notare la piccola cerniera sul fondoschiena.

Mi scostai i capelli da un lato lasciando nuda la schiena. Lui aprì la cerniera e mi baciò il collo, poi la spalla facendo scivolare via il vestito. Si poggiò a me e mi cinse con una mano.

«Sei bellissima», mi sussurrò all'orecchio e io chiusi gli occhi.

Mi sfiorò il ventre e io emisi un sospiro di piacere. Mi fece voltare verso di lui e mi guardò così intensamente che arrossii. Ricominciò a baciarmi il collo, poi il seno, scese lungo la pancia, il ventre, poi toccò la parte di me più bramosa di lui e mormorai il suo nome. Prese il vestito da terra facendomi spostare i piedi e si avviò verso la finestra. Stavo per togliermi le scarpe quando Landon mi bloccò: «Non ci pensare neanche». Lo guardai e lui mi sorrise malizioso. «Ti voglio così, sto già impazzendo», disse. Si avvicinò e gli sbottonai i pantaloni che caddero a terra. Si slacciò le scarpe e le tolse, poi si sfilò i pantaloni. Gli feci scivolare giù anche i boxer e gli accarezzai il membro. Lui schiuse la bocca.

«Scheggia», mi avvisò. «Giochi con il fuoco».

Mi mise una mano sulla guancia e io mi morsi il labbro.

«Forse voglio bruciarmi», risposi e Landon sgranò gli occhi mentre mi inginocchiavo e mi prendevo cura di lui.

Mi poggiò una mano sulla nuca e mi fece arretrare prima di raggiungere il piacere. Mi aiutò ad alzarmi, mi guardò, poi prendendomi per i fianchi mi buttò sul letto. Ridevo mentre mi saliva addosso.

«Devo prendere il preservativo».

«Prendo la pillola», risposi.

Fece una smorfia. «Non so se mi piace che non mi hai aspettato». Ridacchiai. «Be', è come se questa fosse la mia prima volta. Non l'ho mai fatto senza preservativo». Annuì.

«Neanch'io». Lo baciai.

«Bene».

Mi divorò con la bocca e con la lingua, mi strinse il seno e mi stuzzicò i capezzoli. Mi piegò le gambe, si mise dritto ed entrò dentro di me, e insieme gridammo. Iniziò a muoversi prima piano, poi veloce e seguii il suo ritmo. Andava sempre più a fondo e io strinsi forte le lenzuola e inarcai la schiena. Lo sentii chiamarmi e mi eccitò ancora di più. Raggiunsi l'orgasmo e lui subito dopo di me. Avevamo entrambi il fiatone. Landon mi baciò e mi si sdraiò accanto.

«Wow», dissi.

Eravamo sudati e soddisfatti, non avevo idea di cosa mi fossi persa fino a quel momento. Mi guardò. «Già».

Lo guardai osservare il soffitto. I capelli bagnati appiccicati alla fronte, le goccioline di sudore sulle lunghe ciglia, le guance arrossate e le labbra gonfie. Non era mai stato così bello ed era uno spettacolo riservato solo a me. Mi guardò con gli occhi verdi più affascinanti ed espressivi che avessi mai visto. Gli accarezzai le labbra con il pollice.

«Ti amo». Non lo avevo mai detto a nessuno e ora quelle parole mi erano uscite con estrema naturalezza. Landon sorrise e mi strinse a sé.

«Ti amo anch'io, Scheggia».

Mi abbracciò e riprese a baciarmi. Era proprio insaziabile. Il mattino seguente mi ritrovai fra le sue braccia e non volevo essere da nessun'altra parte al mondo.

«Buongiorno», mi salutò.

Sorrisi. «Buongiorno».

Bussarono alla porta e io mi misi a sedere coprendomi con le lenzuola. Landon si mise a ridere.

«Stai tranquilla».

Si alzò e infilò i boxer, sculettò recandosi alla porta, poi si girò e mi fece l'occhiolino, io alzai gli occhi al cielo e lo osservai. Era incredibilmente sexy così spettinato e anche il culetto sodo e i muscoli tesi contribuivano a renderlo ancora più irresistibile. Aprì appena la porta.

«Signorino Carter, sono venuto a portarvi ciò che avete chiesto». Riconobbi la voce di Fred.

«Grazie Fred», disse lui e prese una busta rossa.

Chiuse la porta e si voltò a guardarmi.

«Facciamo la doccia e scendiamo a fare colazione?». Guardai il vestito che Landon la sera prima aveva messo ad asciugare.

«Non scenderai con quello se è questo che temi». Lo guardai accigliata.

Effettivamente il problema era proprio quello: non volevo che i suoi genitori mi vedessero con lo stesso abito della sera prima. Mi passò la busta rossa.

«Cos'è?». Landon alzò le spalle e mi tirò per le gambe fino al ciglio del letto. Si mise le mie braccia intorno al collo e mi prese in braccio.

«Quello che indosserai dopo la doccia». Sorrise malizioso e mi portò in bagno.

Mezz'ora dopo indossavo un top panna che mi lasciava la pancia scoperta e infilai la lunga gonna nera a vita alta. Infilai i soliti tacchi e i bracciali. Landon aveva una semplice maglietta nera, aderente, che gli stava divinamente e gli stessi pantaloni e scarpe della sera prima. Guardai l'ora.

«Sono solo le nove», dissi piagnucolando. Lui aprì la porta e allungò una mano verso di me e io la presi.

«E i nostri vestiti di ieri?», chiesi. Landon chiamò l'ascensore.

«Ci pensa Fred». Annuii.

Certo, se c'era un autista che si occupava pure di altro perché non sfruttare l'occasione? Mi lasciò la mano per stringermi le spalle e io allungai una mano dietro la sua schiena per cingergli un fianco. Uscimmo dall'ascensore e Landon si fermò davanti a uno specchio in fondo al corridoio. Guardai il nostro riflesso. Con i tacchi avevo guadagnato qualche centimetro. Guardai il suo riflesso, sorrideva, poi guardai me stessa e mi ritrovai a sorridere. Temevo che non lo avrei più fatto.

«Siete bellissimi», disse una voce alle nostre spalle. Landon mi fece voltare e scoprimmo che a osservarci era proprio la mamma.

«Devo farvi una foto o tua nonna non mi crederà». Riuscii a stento a trattenere una risata e Landon alzò gli occhi al cielo.

«Mamma», iniziò a dire, ma lo fermai.

«Va bene», dissi sorridendo e la mamma batté le mani.

Si preparò per farci la foto e in quel momento Landon si piegò appena per sussurrarmi all'orecchio: «Non dovresti assecondarla così».

La foto uscì spontanea e bellissima. Lui mi parlava all'orecchio sorridendo e io avevo l'aria felice e divertita. «Prenderemo qualcosa per strada, sono già in ritardo e Tom mi farà a pezzi».

Salutò la mamma baciandola, tenendo me per mano. Io invece l'abbracciai, con un solo braccio visto che lui sembrava non avere intenzione di cedermi la mano.

«Tornate presto».

Fuori trovammo Fred che ci aspettava e salimmo su una berlina nera.

«Fred, dobbiamo fermarci a prendere qualcosa da mangiare, mia madre ci ha presi in ostaggio». Fred annuì.

«Ci ho già pensato», disse passandoci due caffè e un piccolo cartone rosa con delle ciambelle dentro.

«Fred porterà prima me a lavoro visto che siamo qui vicino e poi ti porterà a casa». Annuii.

«Ci vediamo appena stacco dal lavoro e possiamo fare quello che vuoi». Arrivammo davanti al negozio e lui mi baciò. Sapeva di caffè e di dolce.

«Haley, se succede qualcosa chiamami».

«Stai tranquillo, sopravvivrò senza te per qualche ora». Mi sorrise e mi baciò ancora.

«Vuoi portare quelle chiappe dentro? Tom stamattina dà di matto». Sentii la voce di Terry e la salutai, lei mi fece l'occhiolino. Landon la guardò e poi posò lo sguardo su di me.

«A stasera», lo salutai con la mano e lo vidi sparire nel negozio.

«Gli fa bene la tua vicinanza», disse Fred. «Non vedevo il signorino così felice da molto tempo». Guardai il suo riflesso nello specchietto retrovisore e corrugai la fronte.

«Da quando l'ho conosciuto non mi è mai parso triste», dissi e lui mi sorrise.

«Credo che sia tutto merito vostro, signorina».

Non sapevo bene cosa significasse, anche perché mi era sempre sembrato molto tranquillo e contento, tranne ogni volta che Logan era nei paraggi. In quei momenti pareva malinconico, triste e arrabbiato, ma sicuramente aveva a che fare con la perdita della sorella di Tom.

14

Le due settimane che seguirono furono bellissime. Eravamo sempre o da me o da lui. Mangiavamo schifezze, facevamo dell'ottimo sesso ed eravamo sempre in compagnia di Terry, Tom e Joey, anche se Tom e Joey si avvicinavano e si allontanavano in continuazione e volevo consigliar loro, come Tom aveva fatto con noi, di scaricare la tensione sessuale che c'era fra loro. I due venerdì che seguirono li passammo a cena con i suoi al Royal Inn e la mamma continuava a essere sorpresa.

«Oh, è così bello riavere il mio bambino. Sai Haley, era da un po' che non si faceva vedere, ma ora ci sei tu e sembra aver ritrovato la ragione».

Io ridacchiai e Landon mi strinse la coscia sotto il tavolo.

«Mamma, ho solo avuto molto lavoro da sbrigare, sono stato impegnato. Non vi ho certo evitato, e lo sai», si lamentò lui e lei gli sorrise.

«Be', sono felice che tu sia qui adesso, e anche tuo padre lo è».

I giovedì sera era sempre impegnato con Tom, ma non scendeva mai nei particolari e quando arrivò il terzo giovedì di seguito iniziai a sentirmi nervosa. Era sempre molto vago riguardo a ciò che facevano e nemmeno Joey sapeva cosa combinassero. Terry si limitava ad alzare le spalle e mi convinsi che evitava solo di rispondere. Mi ero aperta con Landon, ormai sapeva tutto di me, eppure lui continuava a tenersi stretto il segreto di quei giovedì.

«Non riesco a capire perché non me ne voglia parlare», sbottai mentre Joey si metteva lo smalto sul divano di casa mia. Era strano ma da un po' era così che la chiamavo, "casa". Terry invece preparava dei cocktail, più che altro mischiava bevande a casaccio.

«Addirittura deve rimanerci a dormire perché domani avrebbe quel corso per tatuatori». Sbuffai.

«Avrebbe?». Joey mi guardò. «Hai dubbi?».

Alzai le spalle. «Tu non avresti dubbi se il tuo ragazzo ogni giovedì fosse misteriosamente impegnato con il suo migliore amico, fuori città, e addirittura si trattenesse un po' di più?».

Lei tornò a guardarsi le unghie. «Temi che loro due abbiano una relazione?». Scoppiò a ridere e io le diedi una gomitata.

«Che idiota, è solo che è frustrante e sono certa che Terry sa tutto ma non parla». Lei alzò gli occhi al cielo e si avvicinò con tre bicchieri dal liquido di uno strano colore.

«Ti basti sapere che non fa niente di male. È solo impegnato in riunioni e corsi di aggiornamento». Poggiò i bicchieri sul tavolo.

«Quindi tu sai cosa stanno facendo», incalzò Joey e Terry alzò le mani.

«Siete paranoiche, sono solo dei corsi, bevete questi e rilassatevi».

Stavo per prendere il bicchiere quando il telefono iniziò a squillare. Mi affrettai a rispondere convinta che fosse Landon, ma la chiamata proveniva da un numero sconosciuto.

«Pronto?».

Una voce maschile risuonò dall'altro capo. «Hales, ciao, sono Mike».

Rimasi a bocca aperta, erano mesi che non parlavo con lui. Mike era il proprietario di un bar a Burlington, non molto lontano da casa mia. Era una bettola piena di motociclisti.

«Ci sei?», mi chiese.

«Sì, scusa, sono solo sorpresa di sentirti», dissi schiarendomi la voce. Le mie amiche mi guardavano incuriosite.

«Dopo quello che hai passato, e il modo in cui ti ha trattata, non volevo nemmeno chiamarti». Sentii un groppo in gola e lo stomaco contorcersi. Mi alzai.

«Che succede?», chiesi, ma non sapevo se volessi davvero una risposta a quella domanda.

«Hales, credo che tuo padre abbia bisogno d'aiuto». Cominciai a sentire la stanza stringersi intorno a me e ad avere difficoltà a respirare.

«Sta bene? È successo qualcosa?». Lo sentii sospirare.

«Sono due mesi che passa le giornate qui al bar, arriva quando apro e va via quando chiudo, beve tutto il giorno e credo che abbia lasciato il lavoro». Poggiai la testa contro il muro.

«Anche adesso è lì da te?». Joey si alzò e mi mise una mano sulla spalla.

«Sì, ed è ridotto molto male. Devi venire. Lo so che sei dall'altra parte del paese ma questa sera non posso portarlo io a casa. Hai qualcuno da chiamare che possa venire a prenderlo?». Ci pensai e mi venne in mente solo un nome. Strinsi i pugni.

«Sì, credo. Provo a chiamare James, so che è tornato per prendere le sue cose e magari potrà passare. Io chiamo in aeroporto e vedo se c'è qualche volo per questa notte o per domani mattina presto».

Lo sentii sospirare ancora. «Mi dispiace, non sarà facile, è veramente di pessimo umore e non voglio che resti qui a lungo». Accesi il portatile per trovare il numero dell'aeroporto.

«Resto solo domani, sabato torno a casa». Di questo ero certa. Avrei chiesto a qualcuno di prendersi cura di mio padre. Dopotutto lui aveva fatto così con me, mi aveva scaricata.

«Massimo domenica». Trovai il numero ed entrambe le mie amiche mi guardavano perplesse.

«Va bene, ha bisogno di andare in un centro, due giorni non basteranno a rimetterlo in sesto, scusa bambina». Chiusi gli occhi.

«Hai fatto bene a chiamare».

Riattaccai e feci subito il numero per il servizio informazioni.

«Haley, che succede?», chiese Joey, ma dall'altra parte del telefono rispose una signora piuttosto cordiale che mi chiedeva in cosa potesse essermi utile.

«Ho bisogno di prenotare un volo per Burlington, Vermont».

«Per quando?», chiese lei.

«Anche stanotte», dissi e Terry e Joey si scambiarono un'occhiata.

Joey si puntò un dito contro e poi puntò me. Voleva accompagnarmi, ma io scossi la testa, non l'avrei trascinata in quella specie di dramma e lei puntò i piedi.

«Io vengo con te».

«Come scusi?». Sentii la signora al telefono.

«No scusi, non sono stata io a parlare». Calò di nuovo il silenzio e io guardai torva Joey che per tutta risposta prese il telefono e iniziò a scrivere il numero che c'era sullo schermo del PC. Alzai gli occhi al cielo.

«Per due», dissi al telefono. «Siamo in due».

La signorina annuì e mi chiese di pazientare cinque minuti. «Allora, c'è un volo fra qualche ora, alle ventitré e ci sono posti liberi. Vuole che le prenoti questo?». Annuii e le diedi tutte le credenziali, compresa quella della Visa che usavo in caso di emergenza, poi riattaccai. Le guardai.

«Fra due ore dobbiamo essere in aeroporto, visto che un'ora la perderemo a fare il check-in». Guardai Joey. «Torniamo massimo domenica, quindi porta solo l'essenziale, niente valigia da vacanza».

Fece di sì con la testa. «Posso chiederti solo il motivo di questa partenza improvvisa?».

Cercai di restare calma. «Mio padre a quanto pare sta combinando un vero casino. Si è dato all'alcol e ha lasciato il lavoro, devo sistemare la faccenda». Lei annuì e corse via per prepararsi, poi fece capolino dalla porta.

«Devi chiamare James, hai detto». Strinsi il telefono che aveva ancora il display in frantumi.

«Qualcuno deve andare a prenderlo al bar».

Mi guardò seria. «Non mi piace neanche un po'».

Alzai le spalle. «Non ho scelta». Richiuse la porta alle sue spalle e composi l'ultimo numero al mondo che volessi fare. Rispose dopo tre squilli.

«Hales». Salii di sopra mentre Terry mi seguiva e infilai qualche vestito in uno zaino.

«Ho bisogno del tuo aiuto», dissi senza giri di parole.

«Che succede?», chiese lui quasi con un tono soddisfatto.

«Si tratta di mio padre, è da Mike ed è completamente andato. Potresti portarlo a casa? Io ho il volo alle ventitré, quindi sarò lì per le cinque domattina».

Sospirò. «Va bene, vengo a prenderti?».

Infilai il beauty-case nello zaino e lo chiusi. «No, siamo io e Joey. Prenderemo un taxi».

«Hales».

«Ci vediamo fra qualche ora». Riattaccai e guardai Terry.

«Quello che Lan sta facendo fuori città è veramente importante?». Alzò gli occhi e io mi innervosii. «Non ti chiedo di dirmi cosa, ma chiamandolo so bene che sarà nel Vermont prima di me. Oppure è meglio non chiamarlo perché quello che sta facendo è veramente importante e non può rinunciarci?».

«Scusa, comunque la seconda». Mi sentii pizzicare gli occhi.

Soffrivo al pensiero che un'amica era a conoscenza dei suoi impegni, a quanto pare irrinunciabili, quando invece io, la sua ragazza, ero all'oscuro di tutto. Non era giusto non sapere se potevo chiamarlo in caso d'emergenza e mi fece arrabbiare ancora di più dover chiedere il permesso a un'altra persona.

«Hales, il taxi è qui fuori. Andiamo o faremo tardi». Ignorai il diminutivo che Joey aveva appena usato e uscimmo di casa.

«Terry, avvertilo tu quando è possibile».

Lei mi guardò triste. «Haley», iniziò a dire, ma la liquidai con un gesto e salii sul taxi.

Durante il viaggio in aereo Joey dormì, mentre io continuavo a girarmi e rigirarmi. Il sedile era comodo e avevo sonno, ma qualcosa nella mia testa mi tormentava. Cos'avrei detto a mio padre? Non ci parlavo da mesi e lui era stato abbastanza chiaro riguardo al fatto che non mi voleva lì. Se mi avesse cacciata come avrei fatto ad aiutarlo? Lui mi aveva abbandonata come un cucciolo sull'autostrada, quindi perché non lo avevo semplicemente mandato al diavolo invece di saltare sul primo volo? Ovvio, perché era mio padre. Prima dell'incidente era un padre straordinario, severo, ma un gran lavoratore e una persona meravigliosa. Il venerdì mi portava sempre a cena fuori, solo io e lui. Di solito la mamma il venerdì aveva il turno di notte, quindi quella sera era tutta per noi. Mi aveva trasmesso la passione per i grandi classici e non si arrabbiava se spesso non capivo il suo gergo da professore di economia. Non capivo perché la vita mi avesse tolto la mamma, ma ancora di più non capivo perché avesse allontanato mio padre da me. Ci saremmo dovuti far forza a vicenda e non da soli, non così.

Una volta arrivate prendemmo un taxi fino a casa. Anche se lì era estate le temperature erano più basse che a Los Angeles, specialmente alle cinque di mattina, e infatti mentre ero impegnata a parlare al telefono e a preparare lo zaino mi ero cambiata e avevo indossato dei jeans neri attillati e strappati, le All Star bianche e nere, un top grigio con sopra una felpa e cappuccio bianca e nera che ricordava molto quella dei giocatori di football. Anche Joey indossava un jeans chiaro, una maglia rosa con un cuore al centro e un cardigan panna, le ballerine abbinate al cardigan. In quel momento eravamo la rappresentazione ideale del giorno e della notte. Davanti casa notai il pick-up nero di James. Mi piaceva Burlington, era un posto carino. C'era il porto, sembrava una vecchia città, ci conoscevamo quasi tutti. Abitavo nel quartiere dei "benestanti" per via del lavoro di mia madre e di quello di mio padre, docente universitario. Una famiglia agiata, insomma. Scesi dal taxi e cercai di ricordare come si respirasse perché lo avevo dimenticato di nuovo. Lo dimenticavo praticamente ogni volta che Landon non era accanto a me, e ritrovarmi lì senz'altro mise a dura prova i miei polmoni. Avevamo una bella casa, con la staccionata bianca che tanto mi piaceva. Era a due piani, bianca, con la porta rossa e il tetto spiovente. Il portico circondava metà casa e per arrivarci occorreva fare un paio di scalini. Non ci ero mai entrata da quando la mamma era morta, nemmeno per prendere le mie cose, ci aveva pensato zia Tess, e mi sentii in colpa per non averla avvertita, ma si sarebbe solo preoccupata. Ci scrivevamo delle email e a volte mi chiamava, però era difficile far combaciare gli orari. Zio George passava a trovarmi e sapeva cosa combinavo. Stavolta invece non avevo avvertito nemmeno lui.

«Hales, torna tra noi». James mi sventolava le mani davanti al viso.

«Cosa ci fai qui?», gli chiesi e lui incrociò le braccia al petto.

«Mi hai chiesto di andare a prendere tuo padre e sono andato».

Indossava i pantaloni della tuta, le All Star e una felpa.

«Ma non dovevi aspettarmi. Dovevi solo portarlo qui».

Vidi Joey camminare lungo la staccionata, diretta verso la porta d'ingresso.

«Sai bene che darà di matto non appena ti vedrà. Non voglio che ti accada qualcosa».

Perfetto, adesso voleva comportarsi da eroe. Mi portai involontariamente una mano sul polso, quello destro, dove spiccava il mio meraviglioso tatuaggio, e lui allungò la mano e accarezzò il tatuaggio. Mi ritrassi e James chiuse gli occhi.

«Mi dispiace».

«L'hai già detto, ti sei sdebitato», gli dissi indicando casa.

«Ho detto delle cose orribili». Non era proprio il momento per discutere di quello.

«Non voglio parlarne. Voglio convincere mio padre a farsi curare in un centro, dopodiché me ne torno a casa».

Il mio ex ragazzo annuì. «Andiamo allora».

Joey era davanti alla porta e James la raggiunse. Proseguii piano e una serie di immagini mi attraversarono la mente. *Quando imparai ad andare in bici, la mamma saltava e batteva le mani, quando ci cimentammo a creare un piccolo giardino pieno di fiori, fallendo miserabilmente, oppure quando con i miei genitori addobbavamo la casa per Halloween o Natale.* Una volta sotto il portico guardai il piccolo divano a dondolo dove spesso la sera io e mia madre chiacchieravamo e guardavamo le stelle. Non ero più tanto sicura di aver fatto la scelta giusta. Joey mi prese per mano e la strinse.

«Andrà tutto bene», disse, ma non ne ero così sicura.

«Facciamolo». James si parò davanti alla porta.

«Non è come l'hai lasciata», annunciò e io annuii. Aprì la porta e mi lasciò entrare per prima. Aveva ragione: io l'avevo lasciata ordinata e profumata.

«Sembra che ci sia un animale morto», dissi.

Il puzzo era terribile. All'entrata c'erano vetri frantumati, le scale che portavano al piano di sopra erano sporche e c'erano bottiglie di birra. La sala era anche peggio. Piatti e bicchieri rotti dappertutto, persino alcuni mobili erano a terra, in mille pezzi. Mio padre era sdraiato sul divano, coperto con un plaid. Aprii la porta della cucina e rimasi a bocca aperta. Mamma diceva che quello era il suo regno, e aveva ragione. Era bravissima ai fornelli e amava sperimentare piatti nuovi ottenendo sempre ottimi risultati. Mi sembrava di rivederci in cucina mentre cercava d'insegnarmi a fare i biscotti. La vedevo ridere. Sorrideva anche quando le cose andavano male. Sul frigo non c'erano più le nostre foto e nemmeno alcuni dei miei compiti con il massimo dei voti. Ora la cucina era piena di cibo avariato, bottiglie di whiskey e tequila, tutte vuote, lattine di birra. Faticavo a riconoscere la mia vecchia casa.

«Stai bene?». Joey era alle mie spalle. Scossi la testa. Lei mi abbracciò da dietro e io cercai di ricacciare indietro le lacrime. Tornai in sala e notai una cornice a terra, così la raccolsi. Due persone dall'aria felice mi guardavano, i miei genitori, il giorno del loro matrimonio.

«Eravamo felici».

Mi irrigidii riconoscendo quella voce che sembrava stanca e impastata, mi voltai piano e mio padre era in piedi, a osservarmi. I vestiti gli stavano larghi, aveva perso molto peso, i capelli erano più brizzolati di prima, un po' lunghi e unti, e non era da lui. Aveva persino la barba. Per quanto mi sforzassi, non ricordavo di avergliela mai vista. Gli occhi erano cerchiati di nero e le guance scavate, era pallido. Sembrava davvero a pezzi.

«Papà», dissi, e lo guardai dritto negli occhi, lo vidi sgranare i suoi per un attimo ma poi li spostò da un'altra parte.

«Fa male guardarti», disse, e io abbassai lo sguardo. «Mi somigli molto, ma gli occhi sono identici ai suoi». Mi sentii gli occhi bruciare. «Che ci fai qui?», chiese e mi sforzai di parlare senza guardarlo, per non farlo soffrire. Sentivo però il suo sguardo su di me e mi accorsi della mano di Joey sul braccio mentre James sembrava sull'attenti, quasi si aspettasse di vedere mio padre impazzire. Stranamente aveva mantenuto la calma, quindi, forse, non sarebbe stato difficile come pensavo.

«Mi ha chiamata Mike, dice che bevi e che hai lasciato il lavoro. Credo che tu abbia bisogno d'aiuto».

«Lei chi è?». Mi prese alla sprovvista e guardai Joey.

«Una mia amica», dissi. Lo vidi annuire, ma distolsi subito lo sguardo.

Serrò i pugni. «Sei andata avanti», disse, anche se sembrò più un ringhio e io strinsi la cornice che avevo fra le mani.

«Soffro anch'io papà, solo che sto cercando di andare avanti e forse dovresti farlo anche tu».

Per tutta risposta diede un calcio a qualcosa e James fece un passo avanti.

«Sul serio?», urlò. «Io ho bisogno di andare avanti?». Fece un passo e vidi l'indice tremolante puntato su di me. «Per salvarti ho perso mia moglie. Avrei salvato Lisa se non avesse insistito di portare fuori dalla macchina te. Quando sono tornato era morta, morta, Haley!».

Tremai appena quando disse il mio nome colmo d'odio.

«Ti avevo detto di non tornare e invece eccoti qua davanti a me, in una casa che non ti appartiene, con in mano una foto che non è tua». Mi strappò la cornice dalle mani ferendomi il palmo della mano destra con il vetro rotto. Joey trattenne il respiro e James si mise in mezzo.

«Charlie, stai esagerando», disse, ma io lo feci spostare con la mano sana e lui mi guardò.

«Sono qui perché mi hanno chiesto di aiutarti e solo perché tu hai abbandonato me non significa che io avrei abbandonato te», dissi d'un fiato guardandolo negli occhi. Lui lanciò la foto dietro le mie spalle e la sentii sbattere contro il muro.

«Ti voglio fuori da casa mia, non mi serve aiuto e di certo non voglio averti vicino per ricordarmi che è per colpa tua se ho perso mia moglie. Non meriti nemmeno di avere i suoi occhi. È colpa tua se lei è morta ed è colpa tua se io sono ridotto così e spero che tu non conosca mai la felicità».

Sentii Joey fremere, ma per me fu troppo. Mi voltai e corsi fuori. Sentii James chiamarmi mentre mio padre continuava a urlarmi che ero solo una puttanella stronza. Sentii anche Joey, ma non riuscii a capire cosa dicesse. Provavo un senso di nausea e le lacrime scendevano a fiotti. Caddi sulle ginocchia nel piccolo prato con l'erba altissima e tutto ciò che avevo nello stomaco uscì fuori. Sentii delle mani spostarmi i capelli e accarezzarmi la schiena.

«Va tutto bene, Hales. È fuori di testa, non pensa davvero quelle cose». Joey arrivò piegandosi davanti a me e mi passò un fazzoletto.

«Quell'uomo è un dannato stronzo», disse senza troppi giri di parole e io sorrisi. Mi girai a guardare James mentre mi asciugavo gli occhi con la manica della felpa.

«Sì che le pensa, mi odia, e non è il solo a pensarla così». Lui mi guardò e strinse la mascella.

«Ti ho chiesto scusa».

«Ciò nonostante è quello che pensi». Mi alzai.

«Cosa facciamo adesso?», chiese Joey.

«Andremo al centro di riabilitazione qui in zona e gli spiegheremo tutto, compreso il fatto che non posso avvicinarmi. Magari manderanno qualcuno, dirò a Mike di chiamare la polizia se si ubriaca di nuovo da lui, così forse manderanno a casa un agente e si accorgeranno della situazione». Sospirai. «Posso fare ben poco se non mi vuole qui». Mi guardai la mano ferita.

«Andiamo da me, così la medichiamo», disse James e io lanciai un'occhiata alla mia amica che mi guardò come a dire "non abbiamo scelta".

Salimmo sul pick-up diretti a casa sua. Andammo

al terzo piano di un palazzo. Abitava nella zona universitaria, aveva un monolocale carino, ed era come lo ricordavo. La sala era divisa dalla cucina attraverso la piccola penisola dove mangiava. C'era un divano letto che adesso era aperto a letto e non era rifatto, un televisore e la PlayStation. Joey buttò lo zaino sul divano letto e si sedette.

«Se vuoi puoi fare la doccia», le disse James.

«Mi piacerebbe», rispose lei e sparirono per un po'. Joey si portò dietro lo zaino e lui uscì dal bagno con disinfettante, cotone e garza.

«Fammi vedere», disse allungando la mano, ma io ritrassi la mia.

«Posso medicarmi da sola». D'accordo, mi aveva difesa e mi aveva chiesto scusa e io stavo facendo la stronza, ma era difficile non avercela con lui dopo l'ultima volta.

«Dài, non fare la difficile», disse abbozzando un sorriso, e alla fine allungai la mano. La disinfettò e si assicurò che non ci fossero vetri. Poi mi mise la garza. «Dovresti riposare», mi consigliò, e scrollai le spalle.

«Non ho sonno».

James alzò un sopracciglio. «Sei a pezzi».

Mi passai una mano sul viso. «Forse potrei dormire per un'oretta, ma poi devo andare al centro».

Lui sorrise. «Bene, io ho delle commissioni da fare e appena torno andiamo». Annuii e mi buttai sul letto. Joey mi raggiunse.

«Mi dispiace», disse e io le presi la mano.

«Non è colpa tua».

Mi guardò. «Lo so, è solo che non meriti di essere trattata in quel modo».

Le sorrisi. «Dormi Joey, è stata una mattina difficile».

Caddi in un sonno profondo e sognai mio padre. *«È colpa tua», gridava. «È colpa tua se è morta». Io piangevo e scuotevo la testa. «No», gli urlavo. «No».*

15

«Hales? Hales, svegliati». Mi misi a sedere, avevo l'affanno ed ero sudata. James mi prese il volto fra le mani e si abbassò per guardarmi. «Stai bene?»

«È stato solo un incubo». Guardai di lato e notai che mancava Joey.

«È andata lei al centro, voleva che tu ti riposassi».

Schiusi la bocca. «Ma che ore sono?», chiesi guardando il mio ex.

Mi stava fissando le labbra, il mio viso ancora fra le sue mani, era troppo vicino e dovevo allontanarlo. Non mi piaceva il modo in cui mi guardava, scacciai le sue mani e feci per alzarmi ma lui mi bloccò mettendomi le mani sui fianchi, mentre ero poggiata alla spalliera.

«James», mormorai.

«Mi manchi». Lo guardai.

Aveva le pupille dilatate, era sudato e muoveva inquieto una gamba. Sapevo che di tanto in tanto gli piaceva esagerare con qualche droga, ma pensavo avesse smesso.

«Ti sei fatto?», gli chiesi e lui alzò le spalle. «Non importa». Cercai di capire come togliermelo di mezzo. «Di cosa ti sei fatto?». Si avvicinò e io mi sentii in trappola.

«Solo una striscia», mi disse. «Sono sempre me stesso, Hales, solo più disinibito e più eccitato». Fantastico, quella giornata stava prendendo davvero una pessima piega.

«Devo alzarmi», dissi cercando di sembrare autoritaria. Inutile dire che non funzionò. Mi poggiò una mano sulla guancia e si sporse verso di me. Volevo tirargli uno schiaffo, ma lui riuscì a fermare la mano afferrandomi il polso.

«È peggio se ti comporti così, non devi respingermi, lo so che mi vuoi quanto ti voglio io».

Cercò di baciarmi e lo scansai, liberai la mano e lo spinsi via, tentai di scendere dal letto, però lui riuscì a bloccarmi e si mise su di me cingendomi i fianchi con le gambe.

«Mi fai male», gli dissi. «Lasciami andare».

Cercai di respingerlo, ma mi prese le braccia e me le bloccò sopra la testa, si chinò.

«Lasciami James, per favore». Sprofondò la testa nel mio collo e avvertii la lingua salire fino all'orecchio.

«Basta!», urlai. «Lasciami andare».

Mi bloccò le mani con una mano sola e quella libera scese lungo il mio corpo, mi aprì la felpa e si infilò sotto il top fino a raggiungere il reggiseno.

«Smettila, ti prego James, fermati!». Ormai piangevo e mi divincolavo. James era il doppio di me ed era senz'altro più forte, quindi non sapevo come liberarmi finché il suo corpo restava sopra il mio.

«Ti piacerà, come prima che mi lasciassi».

«Sei fatto James, te ne pentirai, ti prego lasciami stare, metti giù le mani».

Chiamai aiuto, invano. Sicuramente a quell'ora gli studenti erano ai corsi, e chi c'era magari fingeva di non sentire. Fece scorrere la mano più giù, fino al bottone dei jeans. Non riusciva a sbottonarlo con una mano sola e allentò appena la presa. Lo spinsi con tutta la forza che avevo e lui cadde all'indietro. Mi alzai di corsa dal letto diretta verso la porta, ma sentii un dolore forte alla testa. Mi aveva presa per i capelli e mi buttò sul letto, caddi pancia in giù, cercai di alzarmi subito perché in quella posizione non avrei avuto scampo. Riuscii a girarmi prima che lui mi si buttasse addosso. Mi prese per un braccio e mi tirò giù, solo che questa volta finii per terra. Sentii un forte dolore alla testa quando colpii il tavolino di legno.

«James, mi stai facendo male, James!». Era sopra di me.

«Tu sei mia, cazzo! Mia!». Mi baciò e mi bloccò le braccia. Poi avvenne tutto in poco tempo. Qualcuno butto giù la porta e James fu scaraventato via, Joey mi aiutò a mettermi seduta e mi mise le mani sul viso. La vedevo un po' annebbiata, chiusi e riaprii gli occhi, ma la visione non migliorò. Mi sentivo intontita e la testa pulsava.

«Hales, stai bene? Mi senti? È tutto ok?». Poi sentii un'altra voce, maschile.

«Basta Lan, così lo ammazzi». Aveva detto Landon?

«Lan», dissi, e Joey mi guardò.

«Landon basta, ha bisogno di te», urlò Joey. «Landon!».

Un attimo dopo una figura si piegò davanti a me e mi accarezzò la guancia.

«Scheggia, sono qui». Lo sentivo tremare, o forse ero io, non lo so.

«Landon». Sembravo in grado di dire solo quello.

«Dobbiamo portarla in ospedale, Lan. C'è sangue, ha battuto la testa». Vidi un'altra figura abbassarsi. Indossava un cappello e aveva un po' di barba. Tom. Guardai di nuovo verso Landon, la vista iniziava a schiarirsi, e i miei occhi trovarono subito i suoi pieni d'apprensione.

«James, lui... io...». Non riuscivo a mettere insieme una frase, anche se nella testa erano chiare. Dovevo avere un brutto trauma. Cercai di alzarmi o qualcosa del genere, ma ben presto caddi nel buio.

Quando mi svegliai la testa mi pulsava ancora, mi guardai in giro, ero stesa su un letto con le lenzuola bianche, tutta la stanza era bianca, cercai di mettermi seduta, ma qualcuno mi bloccò.

«Piano, tigre».

Sorrisi e riconobbi quella voce che mi faceva tremare tutta e sperai che sarebbe stato quello l'effetto che mi avrebbe fatto, per sempre. Era in piedi accanto a me e si chinò appena per baciarmi sulle labbra, un bacio leggero, ma io volevo di più. Mi sporsi e aprii la bocca sotto il suo tocco. Lui sorrise sulle mie labbra facendole vibrare e diverse parti di me iniziarono a desiderarlo fortemente.

«Ti hanno dato degli antidolorifici abbastanza forti», disse e si allontanò un po' sedendosi sul letto. Mi passai una mano sulla testa.

«In realtà mi fa male», dissi, e lui si alzò.

«Chiamo un'infermiera?». Sentii una nota di panico nella sua voce e sorrisi.

«Che c'è da ridere?», chiese.

Alzai le spalle. «Ti stai preoccupando troppo», dissi, ormai seduta. Landon si sdraiò accanto a me.

Aveva l'aria stanca, un po' di barba che trovai alquanto eccitante, i capelli scompigliati con alcune ciocche che gli ricadevano sugli occhi. Indossava i pantaloni della tuta grigi con scritte nere che come sempre erano calati pericolosamente lungo i fianchi e, sdraiato com'era, con la maglietta nera aderente che si era alzata, faceva intravedere gli addominali. Si portò le braccia dietro la testa scoprendo molta più pelle e io alzai gli occhi al cielo. Mi voltai a guardarlo e, proprio come pensavo, lo trovai a guardarmi con un grosso sorriso stampato in faccia, anche se era un sorriso stanco.

«Che sbruffone», gli dissi.

«Puoi guardarmi», rispose. «Tutto il tempo che vuoi. Mi piace da morire fissarti mentre sei impegnata a guardarmi pensando cose sconce».

Lo colpii allo stomaco e lui mise le mani in quel punto in maniera piuttosto melodrammatica, così mi misi a ridere. Poi allungò una mano e me la poggiò sulla spalla spingendomi verso di lui, mentre l'altra andò a finire sulla mia nuca. Landon mi baciò, ma non come prima, non come se baciasse una bambola di porcellana. Mi baciò come se fosse l'ultimo bacio. Sentii il suo piercing accarezzarmi la lingua.

«Sul serio, dovreste smetterla di togliervi i vestiti di dosso ogni cinque minuti», disse una voce divertita. Guardai verso la porta, Joey rideva e Tom era poggiato allo stipite della porta. Landon si mise seduto.

«Gelosa? Sono sicuro che Tom potrebbe accontentarti», ammiccò all'amico che lo guardò in cagnesco mentre Joey arrossì. Poi venne verso di me e mi abbracciò.

«Ero così in pensiero», mi disse.

«Ma quanto ho dormito?», chiesi vedendoli tutti troppo stanchi.

«La bella addormentata si è fatta attendere per due giorni», disse Tom avvicinandosi per abbracciarmi e io guardai Landon.

«Ho dormito per due giorni?»

«Continuavo a baciarti, ma tutti si ostinavano a dire che non ero io il tuo principe, così sono passato alle maniere forti e ti ho sussurrato che se ti fossi svegliata e avessi dimostrato a questi sciocchi che sono io il tuo principe mi sarei assicurato di renderti molto felice». Sorrise malizioso e io risi.

«Allora grazie, mio principe». Lui sorrise e si sporse per baciarmi.

«Noi dobbiamo andare, visto che abbiamo rilasciato alla polizia le nostre testimonianze e tutto il resto. Tom deve tornare al Tattoo e io non voglio tornare con voi due che trasudate sesso». Fece una smorfia, ma poi sorrise. Ci salutammo e andarono via. Landon guardava fuori dalla finestra, silenzioso e distratto.

«Lan», lo chiamai e lui si girò sorridendomi. La luce del sole rifletteva su di lui e i suoi occhi verdi sembravano ancora più chiari e brillanti.

«Quando torniamo?»

«Farò il biglietto più tardi e domani ce ne andiamo», disse e si buttò sul divano a due posti sotto la finestra.

«Come mai c'è un divano?», chiesi e lui sorrise e mi guardò.

«Tu non mi facevi spazio». Risi e si avvicinò, gli occhi colmi di quella che sembrava preoccupazione o paura, abbassai lo sguardo e lui mi prese il viso tra le mani e si portò il volto alla stessa altezza del mio.

«Stavo per ammazzarlo», mi disse e io schiusi le labbra. «Quando ho buttato giù la porta e ti ho visto a terra con lui sopra di te ho perso la ragione, Haley».

«Mi dispiace», dissi e lui raccolse con le labbra la lacrima che mi rigava la guancia.

«Non è colpa tua, piccola, ma cerca di capire che devi chiamarmi quando hai bisogno di me. Sarei venuto con te, invece mi ha chiamato Terry nel pieno della notte in preda ai sensi di colpa e ho dovuto fare tutto di corsa. Sarei arrivato prima se solo tu avessi chiamato me e non lui».

Prima che me ne rendessi conto stavo piangendo.

«Terry ha detto che era importante quello che stavi facendo, che era meglio non disturbarti», dissi e lui mi abbracciò.

«Scheggia, tu sei più importante». Mi stampò un bacio sul collo e sospirò.

«Tutti i giovedì sono fuori città perché devo seguire uno stupido corso sul controllo della rabbia». Mi scostai e lo guardai, poi abbassai lo sguardo sul viso di bambina che gli decorava il braccio. «Era la sorellina di Tom», disse mentre io ci passavo il dito sopra.

«Joey me ne ha parlato».

«La consideravo come la mia sorellina, passavamo un sacco di tempo insieme e si divertiva a scarabocchiarmi le braccia perché era convinta che i disegni che mi faceva lei erano meglio dei miei tatuaggi». L'angolo della bocca si alzò in un sorriso dolce e triste allo stesso tempo. «Guarda». In mezzo ai tatuaggi tribali indicò un piccolo cuore, rosso e per niente perfetto. «Lo ha fatto lei. Io l'ho solo ricalcato con dell'inchiostro indelebile, per non lasciarla andare mai via. Vorrei stringerla ancora una volta, Haley». Riconobbi il dolore nei suoi occhi, perché lo conoscevo quel desiderio, lo strinsi forte e lui affondò la testa nel mio collo.

«Era con me e Tom quella sera, era Halloween, ci siamo travestiti. Io e Tom eravamo Ron e Harry mentre lei era la piccola Hermione. Siamo andati in giro a dire "dolcetto o scherzetto?" e poi ci ha pregati di lasciarla in compagnia di alcuni amici, così lei promise di non allontanarsi e noi ci fermammo a una casa vicino dove c'era una festa, e bevemmo una birra».

Si scostò per guardarmi.

«Avevamo appuntamento mezz'ora dopo alla fontana lì vicino, ma lei non è più tornata». Gli occhi erano rossi e pieni di lacrime, cercava di trattenerle e lo sapevo perché ci avevo provato un milione di volte.

«Qualcuno urlò, altri correvano e io vidi la Porsche Cayenne sgommare via e un corpo inerme a terra. Sapevo di chi era quella macchina e non appena arrivarono i genitori di Tom noi andammo a cercarlo. Era in spiaggia, completamente ubriaco e si teneva la testa fra le mani».

La sua voce era colma di rabbia e strinse i pugni.

«Ho smesso di picchiarlo solo perché Tom mi strattonava via e urlava che lo stavo ammazzando. È finito in coma e ha subìto un intervento. Non gli hanno fatto niente perché il padre è capo del distretto, la macchina era sparita, quindi non c'erano prove e nessuno parlò. Logan sporse denuncia, ma per fortuna il padre di Tom è un grande avvocato, così me la sono cavata con uno stupido corso sul controllo della rabbia che fra l'altro, considerata la sfuriata che ho avuto su James, non ha dato i suoi frutti».

Mi irrigidii. Non ricordavo molto, solo Tom che lo chiamava e anch'io. Mi guardò.

«Non gli ho rotto nulla. Purtroppo è solo un po' ammaccato». Stringeva così tanto i pugni da avere le nocche bianche e io gliele schiusi intrecciando le mie mani con le sue.

«Perché non me ne hai parlato?», gli chiesi.

«Temevo di spaventarti. Mi sono rimaste otto sedute e poi ho finito», disse sorridendomi. Abbassò la testa e alcune ciocche gli ricaddero in avanti. Inclinai la testa e i capelli mi ricaddero da un lato. La abbassai appena, Landon alzò lo sguardo su di me e i suoi occhi incontrarono i miei.

«Deve parlarmi di tutto, signorino Carter». Alzò un angolo della bocca e si formò quella fossetta che tanto amavo.

«Potrà mai perdonarmi, signorina Watson?». Mi raddrizzai e gli misi le braccia intorno al collo.

«Portami fuori di qui e ti dirò come farti perdonare». Rise, mi afferrò per i fianchi e mi mise a cavalcioni su di lui.

«Lieto di accontentarla». Allungò la mano e prese una felpa per poi farmela indossare.

«Che stiamo facendo?», chiesi e lui mi guardò come se facessi la domanda più stupida del mondo.

«Ti porto via di qua», disse e si alzò. Allacciai le gambe ai suoi fianchi.

«Landon, ma ho addosso il camice», strillai.

«Per questo hai la mia felpa, per coprire tutto ciò che è mio». Sorrisi e lo guardai di sottecchi.

«Tuo?». Alzò gli occhi e sbuffò.

«Sei piuttosto impegnativa».

Attraversammo il corridoio. Ci osservavano tutti, infermieri, pazienti, qualcuno rideva.

«Non possiamo uscire così, dobbiamo firmare e tutto il resto», sussurrai e lui scosse la testa.

«Ci pensa Fred», disse e io annuii ridendo.

«Certo, perché non ci ho pensato, è diventato la nostra ombra».

Mi guardò. «Mia madre ne è piuttosto felice. È da due anni che non approfittavo dei privilegi della gente piena di soldi». Salutai Fred che ci aprì la portiera e mi sorrise.

«Sono lieto di vedere che sta bene».

«Perché non volevi essere legato al mondo dei ricchi?», chiesi una volta in macchina. Mi raggomitolai accanto a lui.

«Perché da quando è morta la piccola Emily odiavo i ricconi, o meglio, i ricchi che usano i soldi per non assumersi le proprie responsabilità».

«E come mai hai cambiato idea?».

Sorrise. «Perché mi piace sorprenderti e ho deciso che voglio farlo per il resto della mia vita, anzi nostra. Almeno il sabato e la domenica. In tutti gli altri giorni possiamo cavarcela con quello che abbiamo».

Mi misi a ridere. La "nostra" vita. «Cosa stai cercando di dire?», chiesi disinvolta, ma si accorse della mia agitazione perché si voltò e mi sorrise.

«Che non ti libererai di me, mai». Mi accarezzò la guancia e mi baciò. «Mi diceva di conoscere un modo per farmi perdonare, *madame*. Vuole forse mostrarmelo?». Cambiò argomento. Furbo. E funzionò. Lo guardai ancora una volta negli occhi e gli sfiorai le labbra con le dita. Dio, volevo perdermi in quel verde e ormai avevo fatto il biglietto di sola andata, non avevo più modo di tornare indietro. Affondò le labbra nelle mie e lo baciai come se non ci fosse più un domani.

«Possiamo andare in un posto prima di partire?», chiesi titubante, e lui sorrise.

«Dovunque tu voglia, ma prima passiamo in albergo così ti aiuto a mettere dei vestiti puliti».

Due ore dopo eravamo nel cimitero dove si trovava mia madre. Ero stata lì solo due volte, quando la sotterrarono e prima di partire per la California. Odiavo l'idea di doverci andare per farle visita, ma era giusto che la salutassi. Per fortuna Joey aveva recuperato il mio zaino dall'appartamento di James e almeno avevo potuto cambiarmi. Indossavo un jeans chiaro, una camicetta e un maglioncino nero.

«Zia Tess sa cosa sta succedendo?», chiesi a Landon mentre camminavo verso la lapide di mia madre.

«Ho chiamato George. L'ho convinto a non venire visto che ho intenzione di riportarti a casa. Ha detto che ci pensava lui ad avvertire Tess». Annuii.

«Sarà arrabbiata con me». Mi abbracciò.

«Sarà preoccupata, non arrabbiata». Mi fermai e abbassai lo sguardo sul nome della mamma e osservai la foto. Aveva un sorriso meraviglioso e gli occhi pieni d'amore.

«Hai i suoi occhi», bisbigliò Landon abbassandosi per togliere i fiori ormai appassiti. Prese il piccolo vaso e si alzò. «Me ne occupo io», disse, e si voltò.

«Non ho portato dei fiori», dissi all'improvviso. «Come ho fatto a non pensarci? Maledizione! Adesso non avrà dei fiori e sembrerà una lapide abbandonata».

Non riuscii a far altro che pensare ai fiori e sentii il cuore stringersi sempre di più, riaffiorare il dolore proprio come la prima volta che ero stata in visita al cimitero.

«Ehi, ehi, piccola, respira».

Sentii le mani di Landon sulle mie guance e alzai lo sguardo su di lui.

«Haley, a lei non importa dei fiori, le importa che tu sia qui. Perché non fai due chiacchiere con tua madre mentre io vado a ripulire il vaso?». Annuii e mi sforzai di respirare, mi baciò in fronte e chiusi gli occhi. Lo guardai allontanarsi e mi sedetti vicino alla mamma.

«È incredibile, mamma, dico davvero. Si prende cura di me, è premuroso e dolce, strafottente e prepotente a volte, ma immagino compensi perfettamente con la dose d'amore che è in grado di darmi. Probabilmente ti sarebbe piaciuto. Certo, mi avresti detto qualcosa tipo: "Haley Watson, non ti avevo consigliato di stare lontano dai ragazzi con tatuaggi e moto?". Ah, non ha una moto quindi non puoi essere del tutto arrabbiata». Sorrisi e mi strinsi le ginocchia al petto. «Vorrei davvero che ti arrabbiassi con me e che lo conoscessi, ma immagino che da lassù mi tieni d'occhio, quindi saprai tutto, giusto? Mi manchi, mamma». Poggiai la testa contro la lapide. «Mi manca tutto, mamma. Mi mancano i tuoi abbracci, il tuo profumo, i tuoi biscotti. Mi dispiace di aver fatto un disastro con papà. Non so come aiutarlo, se solo tu fossi qui sapresti come risolvere tutto quanto, ma probabilmente questa situazione non si sarebbe mai venuta a creare. Voglio che tu sappia che non ti ho dimenticata, mamma. Ti penso ogni giorno. Ho capito che non è colpa mia, che posso andare avanti, con Landon, con zia Tess, manchi tanto anche a lei, manchi a tutti».

Sentii dei passi, alzai lo sguardo e non potei fare a meno di sorridere. Landon si avvicinava con il vaso pulito pieno di rose rosse.

«A Emily porto sempre una rosa bianca, così ho pensato che le rose sarebbero piaciute anche a tua madre». Si grattò la testa nervoso e si abbassò per sistemare il vaso. Allungò una mano verso di me e mi fece alzare. «Sei pronta?», domandò e annuii.

«Tornerò presto a trovarti, mamma. Ti voglio bene». Mi incamminai e vidi Lan ancora fermo lì.

Landon
Photograph (Ed Sheeran)

«Salve signora, sono Landon. Ha una figlia veramente eccezionale, ma questo lo sa già, quindi vado subito al dunque. Io la amo, come non ho mai amato nessuna e sarò al suo fianco sempre, o almeno fino a quando mi vorrà ancora vicino. Continuerò a preoccuparmi e ad amarla anche se un giorno si sveglierà rendendosi conto che merita molto di più che un tizio dalla testa calda come me, ma fino a quel momento farò del mio meglio per non perderla. Troveremo una soluzione anche per suo marito. In ogni caso è bene che sappia che non gli permetterò di fare del male ad Haley, non più». Spostai il peso da un piede all'altro, nervoso.

«Le darò un po' di tempo per abituarsi all'idea di stare con me, per riprendere il college, per tranquillizzarsi dopo tutto quello che è successo qui. Poi le chiederò di venire a vivere con me e presto la sposerò. Può farmi un favore? Può dire a Emily che mi manca e che manca tanto anche a Tom?».

«Lan!». Mi voltai e la ragazza per cui avevo perduto la testa mi guardava con le mani poggiate sui fianchi.

«Adesso devo andare. Scheggia mi chiama!». Mi avvicinai a lei e le passai un braccio intorno alle spalle per stringerla a me. Il modo in cui aderiva perfettamente al mio corpo era incredibile, perfetto. Alzò i suoi grandi occhi blu su di me e sfiorai la garza bianca sopra il taglio che quello stronzo le aveva provocato.

«Cosa stavi facendo?», mi domandò curiosa e la strinsi ancora un po' a me. Con il naso le sfiorai l'orecchio.

«Dicevo a tua mamma che sei in ottime mani». Rabbrividì quando il mio respiro le sfiorò l'orecchio e sorrisi felice dell'effetto che avevo su di lei.

«Lan?». L'aiutai a entrare in macchina e poi passai dal lato del guidatore.

«Sì?», le chiesi mentre allacciai la cintura, accesi lo stereo e la voce di Ed Sheeran riempì l'auto.

«Ce la caveremo?», mi chiese guardando dritta davanti a sé. Le misi l'indice sotto il mento e la feci girare verso di me.

«Scheggia, staremo bene, magari non sarà sempre facile, ma ce la caveremo». Le strinsi la mano, poi la girai e scoprii il polso con il tatuaggio, me lo portai alle labbra e glielo baciai. «Te lo prometto, Haley, ma non farmi altri scherzi come l'ultimo perché non permetterò a nessun altro di camminare ancora sulle proprie gambe se anche solo si permette di pensare di farti del male».

Sentii la rabbia ribollirmi dentro e strinsi i pugni nel tentativo di mantenere la calma. Mi sforzai di contare fino a dieci, però non appena nella mia testa apparve l'immagine di James sopra Haley con il viso imbrattato di sangue mi sembrò quasi non riuscire più a gestirla.

«Ehi».

Mi poggiai allo schienale e chiusi gli occhi mentre cercavo di ricordarmi che Haley era in macchina con me e che andava tutto bene.

«Lan».

La sentii chiamarmi ancora e un attimo dopo mi salì sopra, rimanendo bloccata fra me e lo sterzo. Inutile dire che il mio corpo reagì immediatamente.

«Calmati, va tutto bene, io sono qui». Mi rilassai mentre con un dito tracciava il contorno delle mie labbra. Sorrisi malizioso.

«Questo è un giochino pericoloso», le dissi riacquistando finalmente la calma. Lei si abbassò e mi baciò. Le passai una mano fra i capelli e l'avvicinai ancora di più, le schiusi le labbra e ci infilai la lingua. Si strinse contro di me e riuscì a strapparmi un gemito quando alcune parti del nostro corpo si scontrarono piacevolmente. La sentii giocare con il piercing che avevo in bocca e che Haley adorava e con i denti bloccò la pallina sotto la lingua. Si mise a ridere e non potei farne a meno anch'io.

«Dobbiamo andare o perderemo l'aereo», disse allontanandosi. La aiutai a scendere e ripartii, consapevole che lei era con me e che niente e nessuno avrebbe potuto portarla via.

Epilogo

Teenage Dream (Boyce Avenue)

Otto mesi dopo...

Cercare di rimanere seri alla lezione di anatomia del professor Marquez fu una vera e propria impresa. Spiegò l'apparato riproduttivo maschile, le malattie sessuali, come evitarle e un'assistente fece circolare dei preservativi. Inutile dire che sembravamo dei liceali.

«Sono troppo piccoli per me». Sussultai e mi girai, dietro di me Landon mi guardò con un enorme sorriso stampato in faccia e scivolò al banco accanto al mio.

«Sul serio, questa mattina mi hai lasciato da solo nel letto per sentire tutto questo? Potevo darti lezioni io, Scheggia». Sorrisi e lui fece scivolare una mano sulle mie cosce. Continuava a chiamarmi con quel nomignolo nonostante stessimo insieme ormai da un po'. Lo adoravo.

«Cosa ci fai qui?». Mi baciò una guancia.

«Ho una sorpresa per te», mi disse.

«Sabato è ancora lontano, visto che è appena lunedì e devo ancora riprendermi dal viaggio lampo a

Parigi». Disegnò dei cerchietti sul mio interno coscia e sentii un'ondata di calore prendere il sopravvento.

«Hai insistito tu che dovevamo tornare oggi perché hai saltato le lezioni del venerdì per partire con me, ma comunque questa è una cosa che ho inventato io. Sai che siamo ricchi solo il fine settimana».

Scoppiai a ridere. Quelle erano le regole. Durante la settimana vivevamo come tutte le persone normali: lui con il suo lavoro da tatuatore con il quale guadagnava abbastanza perché per fortuna in negozio c'era sempre un mucchio di gente, tanto che stavano pensando di allargarsi, mentre io mi limitavo a comportarmi da semplice studentessa che abitava con la zia. Per due fine settimana al mese invece diventavamo improvvisamente ricchi, o almeno lui, e mi sorprendeva ogni volta, era la sua missione personale, così diceva, mentre gli altri due weekend stavamo in giro con gli amici, anche se in settimana cambiava poco visto che ci vedevamo quasi sempre tutti da Landon. Io mi dividevo fra casa di zia Tess e la sua, avevo perfino metà armadio per me e ormai da un po' avevo il mio spazzolino fisso, mi piaceva, stavo imparando ad andare avanti, portandomi mia madre nel cuore ogni giorno e cercando di renderla orgogliosa. Zia Tess dopo l'incidente era volata a casa, così quando rientrai la trovai sul divano, abbracciata a zio George e dopo avermi stritolata in un abbraccio senza fine, mi fecero una lunga ramanzina su com'ero stata irresponsabile a partire senza avvertire, che poteva finire molto peggio, che erano in pensiero. Un mese dopo zia ripartì per l'Inghilterra, accompagnata da zio George che era curioso di vedere Londra (sì, ci crediamo tutti!). L'avvocato straordinario qual era fece in modo che io ottenessi un ordine restrittivo e che James fosse messo per un bel po' di tempo agli arresti domiciliari. Quanto alle contusioni che aveva sul corpo, be', era caduto e io mi ero difesa, così Landon finì presto il corso sul controllo della rabbia, ma decise comunque di parlare con una terapista per cercare di non desiderare di uccidere Logan ogni volta che lo incrociava per strada e aggiunse James alla lista. Sentii delle mani che si infilavano sotto la mia gonna di jeans e sussultando tornai alla realtà. In aula non c'era più nessuno tranne me e Landon.

«Hai intenzione di andare o devi rimuginarci ancora molto?», chiese. Raccolsi i libri e li misi nella borsa.

«Potevi semplicemente baciarmi anziché infilarmi le mani sotto la gonna».

Sorrise malizioso e prese la mia borsa piena di libri. «Non ci sarebbe nessun divertimento». Mi passò il braccio intorno alle spalle e uscimmo fuori, al sole, andando incontro a Joey poggiata alla sua Mercedes.

«Sai, per fortuna quella borsa nera e piena di borchie sembra vagamente maschile, altrimenti non si abbinerebbe bene a quella camminata da spavaldo che hai». Scoppiai a ridere mentre Joey si scostò dalla macchina. Landon la spintonò un po'.

«Io sto bene con qualsiasi cosa addosso e tutto si abbina alla mia camminata molto sexy e da macho».

Joey mi guardò. «Immagino che torni con lui». Annuii.

«Bene, a stasera allora». Salì in macchina e diede gas. Andammo a casa di Landon e una volta entrati non stavo più nella pelle.

«Allora? La sorpresa?».

Landon sorrise. «Dio, vuoi sempre tutto subito». Mi prese in braccio e io gli gettai le braccia al collo e allacciai le gambe ai fianchi.

«Devi chiudere gli occhi», disse serio e alzai un sopracciglio.

«È una cosa seria allora». Risi ma lui non fece una piega, sembrò nervoso e agitato.

«Va tutto bene?», chiesi. Il cuore iniziò a martellarmi forte. Era felice fino a poco prima. Ora però sembrava pronto ad avere una crisi isterica, anche se pareva sicuro di quello che stava per fare.

«Chiudi gli occhi», sussurrò e mi baciò piano. Ubbidii. Iniziò a salire le scale e mi chiesi se stessimo andando in camera da letto, oppure nel bagno con la vasca. Pensai che era proprio quello che ci voleva. C'era anche uno studio dove lui spesso disegnava. Non ero ancora salita al terzo piano. Landon disse che c'era una mansarda, piccola e bassa, con una finestra, dove teneva tutto ciò che non gli serviva. Mi resi conto che avevamo superato anche il secondo piano.

«Devo farti scendere», mi disse. «Devi stare un po' piegata. Rischio di farti cadere o farti sbattere la testa». Annuii. «Ma continua a tenere gli occhi chiusi, va bene?». Mi fece scendere piano e intrecciò le sue dita con le mie. Sentii aprire una porta.

«Abbassa la testa».

Ubbidii tenendo sempre gli occhi chiusi. Mi sarei fatta guidare da lui anche in mezzo alle fiamme se fosse stato necessario. Sentii un leggero clic e la stanza si riempì della versione acustica di *Teenage Dream*. Me la suonava al piano a volte. Già, suonava il piano e io l'avevo scoperto solo quattro mesi dopo. Me la sussurrava per farmi addormentare quando avevo gli incubi. La stanza profumava di fresco, di lui, poi si fermò e mi baciò, intensamente, e io risposi al bacio. Mi strinse, mi morse il lobo dell'orecchio.

«Apri gli occhi», sussurrò e lo feci, rimanendo a bocca aperta.

La stanza era piccola, rivestita completamente di legno. A sostenere il tetto c'erano grosse travi, entrava molta luce dalla finestra, la stanza era verniciata di bianco dando così l'impressione che fosse ancora più luminosa, ma non fu quello a farmi venire le lacrime agli occhi. Intorno alla stanza c'erano due mensole colme di libri. Alcuni li riconobbi, erano i miei, li portavo sempre con me ed alcuni li avevo lasciati da lui, erano tantissimi. In un angolo c'era un enorme tappeto, nero, come quello in sala, morbido e peloso e sei grossi cuscini, alcuni bianchi, altri neri e altri a strisce. C'era persino una presa della corrente. Il cuore sembrò pronto a uscirmi dal petto. Landon mi guardò e dall'espressione che aveva sul viso capii che era emozionato tanto quanto lo ero io.

«È per me?», chiesi, anche se conoscevo già la risposta.

«Sì, Haley». Mi prese per mano e si sedette sul tappeto. Mi prese per i fianchi e mi misi a cavalcioni su di lui. Lo guardai, gli occhi colmi d'amore dentro i miei.

«Sei bellissima», mormorò. Diedi un'occhiata in giro.

«Questo è bellissimo». Lui sorrise e mi spostò una ciocca di capelli dietro l'orecchio.

«Devo chiederti una cosa, ma non voglio che ti spaventi, non voglio che mi chiudi fuori e voglio che tu sia sincera». Annuii piano con la testa, sentii un nodo allo stomaco e il cuore mi martellava nelle orecchie.

«Vieni a vivere con me, Haley Watson».

Non me lo stava chiedendo, me lo stava dicendo. Voleva che vivessi con lui, che mi trasferissi lì, io e lui, il nostro nido. Sorrisi e Landon mi guardò. Si sforzava di sorridere, ma mi parve di sentirlo tremare. Occhi smeraldo, lucidi.

«Voglio vivere con te, Scheggia. Voglio addormentarmi la notte consapevole del fatto che sei fra le mie braccia. Voglio svegliarmi la mattina e fare l'amore con te e mangiare le ciambelle con te». Sorrisi, gli occhi pieni di lacrime. «Voglio sapere che sei qui, ho bisogno di sapere che quando torno dal lavoro tu sei qui, con le mie maglie addosso, con il tuo profumo di pesca che mi inebria la mente ogni giorno. Ho bisogno di respirarti. Questo sarà il tuo spazio. Potrai studiare qui o stare per i fatti tuoi mentre io faccio le cose da maschi con Tom. Puoi chiuderti qui con Joey e fare quelle strane cose da ragazze, ma ti prego, ti prego dimmi che avrò l'onore di dividere i momenti più importanti della mia vita, svegliarmi e addormentarmi, con te. Dimmi che ci sei, che ci sarai sempre».

Le lacrime mi rigavano le guance, sorrisi e lo baciai.

«E per sempre».

Mi guardò. «Cosa?».

Lo accarezzai. «Sempre e per sempre, Landon. Te lo prometto».

Sgranò gli occhi e iniziò a baciarmi. Ribaltò la posizione poggiandomi piano in mezzo ai cuscini, si sostenne sui gomiti e mi osservò. Alcune delle sue ciocche mi sfiorarono la pelle in viso e rabbrividii.

«Ti amo, Scheggia». Lo attirai a me e gli cinsi i fianchi con le gambe.

«Ti amo anch'io, Landon Carter». Era questo il desiderio che avevo espresso al mio compleanno. Avevo desiderato di poter amare ancora, di poter amare lui. Fu come tornare a respirare, come se qualcuno mi avesse riportato alla vita. Eravamo io e lui, eravamo sempre e per sempre noi.

Ringraziamenti

Non posso non ringraziare la persona che mi ha introdotto nel mondo dei libri quando ero appena capace di leggere le prime parole; non posso non dire grazie a te che mi hai regalato tutto un mondo. Ti sarò sempre grata, nonna, per avermi spronato a leggere. Grazie a te amore, per avermi sempre sostenuta ed essere stato così paziente; alla mia famiglia e alle amiche per avermi ascoltata e aver letto insieme le prime righe.

Vorrei ringraziare Alessandra Penna che ha creduto in me. Grazie alla mia editor, sei riuscita a trovare gli errori più banali, mi hai aiutata a esprimermi meglio, a rendere questo libro perfetto. Grazie a tutte le persone che ci sono dietro e che lavorano duramente, e soprattutto grazie a chi questo libro lo leggerà, a chi riuscirò a emozionare.

Un ultimo ringraziamento va a Haley e Landon. Vi sembrerà strano, ma sono i personaggi del mio libro a guidarmi, io ho solo trascritto la loro storia, le decisioni più importanti le hanno prese loro!

Grazie ai miei lettori di Wattpad, a quelli del blog. Grazie di cuore.

Indice

Paperbacks
sezione Gli Insuperabili
Pubblicazione settimanale, 28 settembre 2017
Direttore responsabile: Raffaello Avanzini
Registrazione del Tribunale di Roma n. 16024 del 27 agosto 1975
Stampato per conto della Newton Compton editori s.r.l., Roma
presso Puntoweb s.r.l., Ariccia (Roma)